ミステリなふたり　ア・ラ・カルト

太田忠司

愛知県警捜査一課に君臨する京堂景子警部補は，絶対零度の視線と容赦ない舌鋒の鋭さで“氷の女王”と恐れられている。そんな彼女が気を許せるのは，わが家で帰りを待つ夫の新太郎ただひとり。日々難事件を追ってくたくたになって帰ってくる彼女を，主夫として家事もこなす彼が料理とお酒でもてなしてくれる。そうして夕食を終えて一日の疲れもすっかり癒された頃，景子が事件の悩みを話すと，新太郎が鮮やかに解き明かしていき——。旦那さまお手製の美味しい料理と名推理が，今夜も京堂家の食卓を彩る。デザートまで取り揃えた安楽椅子探偵譚九編。

ミステリなふたり ア・ラ・カルト

太 田 忠 司

創元推理文庫

LE CRIME A LA CARTE, C'EST NOTRE AFFAIRE

by

Tadashi Ohta

2013

目次

ミステリなふたり ア・ラ・カルト

一品目――密室殺人プロヴァンス風

1

新しいキッチンというのは、気持ちがいいものだ。

オーブンレンジがビルトインされたシステムキッチンはカントリー調の木目仕上げ。コンロはガラストップで水無し両面焼きグリル付き。シンクは人工大理石製でお手入れ簡単。吊り戸棚は手動昇降型で出し入れ自由。一方道具類は鍋もフライパンも数年間使いこなして手に馴染んだものばかり。

その夜も京堂新太郎《きょうどうしんたろう》は嬉々として料理に励んでいた。

作っているのは焼きパプリカのマリネ。パプリカをオーブンで丸焼きし、冷めたら皮を剝いて、へたと種を取り除き、縦に細切りしニンニク、オリーブオイル、白ワインビネガー、塩を振りかけるだけの簡単なものだ。パプリカを安く売っているときに大量に買い込んで作る京堂家定番の常備菜だった。赤や黄色のパプリカは眼にも鮮やかで、口に入れれば独特の甘みがビネガーの酸味と相まって思わず頰が緩む。瓶詰めにすれば冷蔵庫で一週間は保存可能だが、いつも作って三日ほどで食べ切ってしまう。

今日も五個のパプリカを一気に料理し、瓶に詰めて冷蔵庫に放り込んだ。そして時間を確認する。午後十時半。

「景子《けいこ》さん、今日も遅いかな」

長く伸ばした髪を後ろで縛り、細身の体に黒のメンズエプロンを付けている。尖った顎に形の良い眉、アーモンドのような形の眼には少年のような輝きが宿り、少し厚めだが色艶のいい唇には笑みが浮かんでいた。そのままで若者向けメンズファッション雑誌の表紙を飾ることもできる美丈夫だが、本人にその自覚はまるでない。今は自分と愛する妻のために美味《おい》しい料理を作ることしか考えていなかった。

職業は一応イラストレーターということになっている。一応、というのは本人が主夫こそが本業だと心得ているからで、そこそこ人気があるにもかかわらず家事の時間が割《さ》かれることを嫌って仕事をセーブしているほどだった。

妻の不規則な勤務時間に合わせて料理は作り置きのできるもの、短時間で作ることができるもの、あるいは温めればすぐに食べられるものが多くなる。今夜のメニューも帰ってきたらすぐに仕上げられるようにしていた。

キッチンからダイニングに移ろうとしたとき、彼の耳がその音を捉える。

かちゃ。

玄関の鍵を開ける音だ。

この時刻まで帰ってこられなかったということは、また厄介な〝仕事〟に追い立てられていたのだろう。となると、今日も……。

「あー、もー、疲れたあ……！」

予想どおりの声が聞こえてきた。

「しんたろーくーん、わたしもー疲れ切っちゃったわあ」

「はいはい」

苦笑を浮かべながら玄関に向かう。

よっこらしょ、と声をあげながらパンプスを脱いでいたのは、妻の景子だった。引っかかった靴を爪先で撥ね飛ばし、その勢いでバランスを崩しながら夫にしなだれかかる。

「もーいや。寒いし疲れるしお腹空《す》くし」

「わかったわかった。今すぐ御飯用意するから」

半分引きずるようにして妻をリビングダイニングに連れていく。

「やっぱり自分の家はいいわあ。暖かくて」

景子は紺色のコートを脱ぎ、スモークグレイのジャケットも脱ぎ捨てる。白いシャツブラウスの胸ボタンを外し、思いきり伸びをした。

「あー、この解放感！　仕事のことなんか忘れちゃいたい」

「家に帰ってきたら忘れていいよ。とりあえず座って」

景子が席に着くと、新太郎は作っておいたタコとトマトのサラダをバゲットと一緒にテーブルに置いた。

「お酒、飲む？」

「んー、飲みたい気分だけど、後で新太郎君とゆっくり飲みたい」

「わかった。メインはすぐに作るから」

あらかじめ作っておいたニンジンのポタージュを温め直して供すると、続けて冷蔵庫から鮭の切り身を取り出す。小麦粉をまぶし、フライパンでこんがりと火が通るまで焼いた。それを皿に盛ると、同じフライパンでニンニクとトマトベースのソースを作って上からかけた。

「わあ、美味しそう!」

テーブルに置かれた料理を前にして、景子の眼が輝く。

「いただきまあす」

ソースのかかった鮭を一口、とたんに声があがった。

「うん、美味しい! これ、美味しいわよ」

「そう言ってもらえると嬉しいね」

新太郎も相好を崩す。

瞬《また》く間に妻は夫の作った料理を平らげた。いつものことながら旺盛な食欲だった。

「あー、満足満足。家に疲れて帰ってきても、美味しい料理と優しい夫が待っててくれるんだから、わたしは果報者よねえ。これで厄介な仕事さえなければ申し分ないんだけど」

「その厄介な仕事があるおかげで、僕らは美味しい御飯が食べられるんだよ。この家のローンも払えるし」

「ま、そうだけどさ」

彼らは結婚後すぐに住み着いた賃貸マンションを出て、半年前に建売住宅を購入した。3LDKの小さな家だが、住み心地は悪くない。つい二週間ほど前には新居での新年を迎えたばかりだった。

「食後はコーヒー？　それともやっぱりお酒？」

「そうね、ちょっと飲みたい。スコッチがいいな」

「了解」

新太郎はグラスに氷を入れると、マッカランを注ぐ。つまみにスライスしたスモークチーズに蜂蜜をかけたものを用意し、ふたつのグラスを持って景子の向かい側に腰を下ろした。

「じゃあ、乾杯」

軽くグラスを合わせ、口に運ぶ。華やかな香りが口と鼻に広がった。

「食後の酒、たまんないわね」

景子も穏やかな表情になっている。

新太郎はあらためて妻の顔を見つめた。ショートにカットした髪も薄めの化粧もかっちりとしたデザインのシャツブラウスも、彼女を有能なキャリアウーマンに見せている。事実、彼女は職場においてどの男性よりも抜きんでた活躍をしていた。職場での妻を見たことはないが、どうやらかなり恐れられているらしい。しかし自分の家で寛いでいる今は、そんな雰囲気は消えてなくなっていた。早くもアルコールで頬を赤らめている上に、外したボタンから覗く胸元がかなり蠱惑《こわく》的だった。自分の妻ながら眼の遣り場に困るほどだ。

自分より八歳年上なのだが、こうしていると幼ささえ感じる。たぶん彼女の同僚は、家での彼女がどんな表情をしてどんな喋りかたをしているか、想像もできないだろう。

「さっきのサーモンの料理、ほんとに美味しかったわよ」

グラスを手にしたまま、景子が言った。

「そりゃどうも」

新太郎もグラスを手に、軽く頭を下げる。

「あれも料理教室で覚えてきたの?」

「まあね。この前シタビラメでムニエルを作ったんだけど、それをサーモンでやってみたんだ。教えてもらったのはレモン汁をかけるだけのものだったけど、今日は気分でプロヴァンス風にしてみました」

「プロヴァンス……?」

景子の表情が少しだけ曇った。

「ん? どうかした?」

「プロヴァンス風って、どういうこと?」

「そう……これといった定義はないみたいなんだけど、トマトをベースにしてオリーブオイルやニンニクを使う料理のことかな」

「料理の名前なの、プロヴァンスって？」

「いや、そもそもはフランスのプロヴァンス地方のことだよ。そこの郷土料理がプロヴァンス風」

「じゃあ、家は？」

「家？」

「家にもプロヴァンス風ってある？」

「ああ……たしかにあるね。プロヴァンス地方に建ってるような家のことでしょ。黄色い土壁とかオレンジ色の瓦屋根とか、そんな造りの」

「……うん、たしかにそんな感じだった」

「何が？」

「今日行った家よ。生田《いくた》が言ってたわ。この家はプロヴァンス風だって」

「生田さんって、景子さんの部下だよね」

「家に詳しいみたい。自分も新しい家が欲しくていろいろ研究してるんだって。わたしが家を手に入れたのも相当羨ましがってて、なんとかして見物に来たがってるらしいわ。わたしには直接言わないけど、同僚にはそんなこと洩《も》らしてるみたいよ」

「来てもらえばいいのに。なんならホームパーティしてもいいよ」

「冗談じゃないわよ。わたしは仕事と家庭は完全に切り離しておきたいの」

景子はきっぱりと言い切る。

「この家は、わたしと新太郎君だけの城なんだから」

「はいはい」

新太郎は思わず苦笑する。そして、

「でも景子さんたちが行ったってことは、その家で何かあったわけ?」

「あったのよ。死体がひとつ、転がってたわ」

「あ、やっぱり」

愛知県警捜査一課の京堂警部補が赴くところ、事件が起きていないわけはないのだった。

「もしかして、その捜査で遅くなってたの?」

「そういうこと。なんだかややこしくってさぁ」

景子の表情が渋くなる。

「どうしてこう、わたしのところには面倒な事件ばかりやってくるのかしらね。もっと単純に、カッとなって殺しましたって犯人が凶器持って自首してくるような、わかりやすい事件が起きてほしいわよ」

「そんなのばっかりなら、たしかに楽だろうけどさ。でも今回のは、そういうのじゃないんだね?」

「そうなの。ねえ、聞いてくれる?」

景子が身を乗り出す。

「またいつもみたいに新太郎君に謎を解き明かしてもらいたいの」

「またぁ？　僕はただいつも思いつきで――」

「その思いつきが結構鋭いじゃない。今までだって何度も事件を解決してくれたんだしさ」

景子が言うとおり、これまでも彼女が抱え込んだ難事件を、新太郎が謎解きをして解決してみせたことがあったのだった。

「ねえ、お願い。さっさっさって事件解決しちゃって」

「そんな無茶な」

「無茶じゃないわよ。新太郎君ならできるってば。そして哀れな妻を過酷な労働から解放してやって。そしたらわたし、新太郎君のために何だってするから」

アルコールに潤んだ瞳で新太郎を見つめる。

「なんならわたし、この身を捧げてもいいわよ」

「夫婦の間で身を捧げるって……それにどっちかっていうといつも僕のほうが身を捧げてる気が……」

「じゃあお互いに身を捧げ合いましょうよ。そうそう、それがいいわ」

景子は席を立つとブラウスのボタンを更に外し、夫に寄り掛かっていく。

「ほら、報酬前払い」

「前払いってそんな……あああ……」

グラスを落とさないようにテーブルに置くのが、新太郎には精一杯だった。

2

夫婦が再び事件のことで話を始めたのは、もろもろのことがあってから後、およそ一時間ほど経ってからだった。

「事件が起きたのは名古屋市名東区《めいとう》本郷《ほんごう》、地下鉄の駅にも近い住宅街の中よ。今朝十時五十四分に一一〇番通報があったの。通報してきたのは、その家に住んでいる檜山《ひやま》恵美《めぐみ》三十八歳。旅行から帰ってきたけどドアの内側からチェーンが掛けられていて開かない。家の中に夫がいるはずなのにチャイムを鳴らしても応答がない。もしかしたら何か異変が起きているんじゃないかってね。で、近くの交番から警官が駆けつけると、ドアはたしかにチェーンが掛かっていて開かなかったの。それで警官が大きなワイヤーカッターを持ってきてドアの隙間からチェーンを切断して中に入ると、リビングにパンツ一丁姿の男がひとり倒れていたの。恵美に話を聞くと倒れているのは恵美の夫の檜山孝光《たかみつ》四十四歳で、すでに死んでいたわ」

景子は順を追って説明する。手許には今日何杯目かのマッカランとつまみのスモークチーズ。酒がそれほど強くない新太郎は手製のジンジャーエールを飲みながら妻の話を聞いている。

「すぐにわたしたち捜査一課の人間と鑑識も駆けつけたわ。その場での検視によると孝光の死亡推定時刻は昨日の午後十時から午前一時の間。死因は失血、腹部をナイフのようなもので刺されていたの」

「ナイフのような、というと、実際の凶器は見つかってないのかな?」

「そう、後で家中を探したけど、凶器らしいものは見つからなかったわ。かわりにとんでもないものが見つかったけど」

「とんでもないもの?」

「ええ、でもそのことを話す前に、もう少し状況を説明させてね。恵美から聞いた話によると、孝光の職業は電気機器の設計技師で星ケ丘《ほしがおか》にあるメーカーに勤めていたの。昨日は土曜日で一日中家にいたらしいわ。奥さんの恵美は大学時代の友達四人と蒲郡《がまごおり》の温泉旅館に一泊して朝方帰ってきたそうよ」

「蒲郡かあ。前に一度、一緒に行ったよね。形原《かたはら》温泉だったっけ」

「そうそう、一緒に露天風呂に入ったりして、楽しかったわねえ。また行きたいな……今度の休暇に行きましょうか」

「それもいいかな。でも今は事件の話を済ませちゃおうよ。玄関の鍵は掛かってたんだよね?」

「ええ。鍵は恵美が開けたけど、チェーンが内側から掛かってて入れなかったのよ」

「他に出入口は?」

「キッチンに勝手口がひとつ。でもここも内側から施錠されていたわ。それ以外に出入口はないし、どの窓も鍵が掛かっていたわ」

「つまり、完全な密室状態だったということなの?」

新太郎が言うと、景子は少し首を傾げる。

「うーん、たしかにそうなんだけどね。最初は密室殺人だって生田とかも色めき立っていたけど、でも一般的な密室――一般的って言いかたが正しいかどうかわからないけど――とは違う感じなのよ」

「どこが?」

「鑑識が調べた結果だとね、玄関ドアの内側のノブと施錠されていたチェーンに血痕が付着していたの。それと、ドアから孝光が倒れていたリビングまでの床にも、点々と血が落ちていたわ」

「ということは……なあんだ、そういうことか」

新太郎は合点したように頷く。

「そういうことなのよ」

景子は残っていたスコッチを飲み干す。

「玄関ドアを施錠したのは孝光本人ってこと。考えられるのは何者かがチャイムを鳴らして孝光にドアを開けさせ、その場で刺した。襲われた孝光は慌ててドアを閉め、襲撃者が家に入ってこないように鍵とチェーンを掛けて家の中に逃げようとした。しかしリビングで力尽きて倒れた、という流れね。孝光がパンツ一丁でドアを開けたってのが奇妙といえば奇妙なんだけど」

「被害者自身が作る密室か。密室トリックとしては基礎的なものだね。あまりにも基礎的すぎて、最近はもう流行《はや》らない」

「ミステリの世界では、でしょ。現実にそういうことが起きるなんて、かなり珍しいわよ。食パンくわえて『遅刻遅刻！』とか叫びながら走ってる女の子と正面衝突するくらい稀有《けう》な体験だわ」

「たしかにそうだけどね。でも、そこまでわかっているなら、そんなに難しい事件でもないんじゃ……まあ、犯人は特定できてないけどさ。でも厄介な密室トリックに悩まされるようなことはないでしょ」

「それがねえ、そうもいかないのよ」

景子が首を振ると、手にしたグラスの氷が軽く音を立てた。

「ああ、さっき『とんでもないものが見つかった』とか言ってた、その件？」

「そうなの。じつはね、わたしたちが家の捜査をしてる最中に、鑑識のひとりが妙な物音に気付いたの。二階で何かゴトゴトと音がしてたのね。行ってみるとそこは寝室で、大きなウォークインクローゼットがあったの。外側から差し錠が掛けられていて、物音はその中から聞こえてきたのよ。で、鑑識員が扉を開けてみると……何が出てきたと思う？」

「もしかして、人間？」

新太郎が言うと、景子は頷く。

「しかも、全裸の女だったわ」

3

「女の名前は鶴岡《つるおか》エリ。年齢は二十八歳。職業は建築会社のＯＬ。そして檜山恵美の妹」

「妹？」

「そう、近くのマンションに独り暮らししてるの。

彼女の話によると、昨日の夜に自宅近くのスナックに行って、ひとりで飲んでたときに孝光もやってきたそうよ。その店は檜山夫妻もエリも頻繁に出入りしているみたい。そして一緒に飲んでるうちに『どうせならうちで飲み直そう』って誘われたそうよ。で、ほいほい付いていってまた飲んで酔っぱらって、そのまま寝室に連れ込まれたと」

「奥さんの妹を？」

「そう、ちょっと鬼畜でしょ。気が付いたら素っ裸にされていて、同じく素っ裸の孝光がのしかかってきた。慌てて抵抗したら頭を思いっきり殴られて、それきり意識が飛んでしまったというのよ。で、気が付いたらクローゼットの中に閉じ込められていた、というのが彼女の言い分なの」

「エリさんが孝光さんの家に行ったのは何時頃？」

「午後十時半頃だって。スナックに確認したところだと、エリはその日の午後八時頃に店にやってきて、それから二十分ぐらいしてから孝光が来たそうよ」

「ふたりは待ち合わせてたのかな？」

「そんな雰囲気はなかったみたい。たまたま顔を合わせて一緒に飲みはじめたって店のひとは言ってたわ。でも、それがどうかしたの？」

「いや、ふたりは最初からそういう関係だったのかなって思っただけ」

「それは、まだわからないわね。もしかしたら恵美の眼を盗んで逢引《あいびき》してたかもしれない」

「逢引ってのも古風な言いかただね。だけど、それはないかもなあ」

「どうして？」

「だってそのスナック、恵美さんも出入りしてるんでしょ。そんな店で逢引したら、噂が彼女の耳に入る危険があるもの。もしも僕が浮気するなら……って、景子さん、そんな怖い眼で見ないでよ」

「だって浮気するなんて言うから」

「だから仮定の話だってば。浮気の相手と会うときに、秘密にしたい相手にばれるような場所は選ばないだろうってこと」

「たしかにそうだけどね。でもね新太郎君」

「ん？」

「本当に浮気しない？」

「なんか文脈がおかしいんだけど」

「だって……」

「しないってば。神に誓ってしまません」

「新太郎君、クリスチャンじゃないでしょ」

「だからさぁ……信じてよお」

新太郎は懇願する。景子は夫を厳しい眼で見つめていたが、ふと表情を緩めて、

「冗談よ。信じてるから。それで、ふたりが最初から不倫の関係じゃなかったということになると、どうなるの？」

「あんまり脅かさないでよ。とにかくさ、エリさんの話を額面どおりに受け取って考えてみるね。ふたりは偶然出会って酒を飲み、孝光さんが彼女を家に連れ込んだ。そして乱暴しようとしてエリさんを失神させた。その後……」

「その後、どうなったと思う？」

「そこから先は想像でしかないけど、いざというときになって誰かが玄関のチャイムを鳴らした。孝光さんは慌ててエリさんをクローゼットに押し込んで錠を掛け、玄関に向かった。そしてドアを開けたとたん、ナイフのようなものでブスリ」

新太郎はナイフを構えて刺す仕種《しぐさ》をしてみせる。

「刺された孝光さんは防御のためにドアを閉め鍵を掛けた。そしてリビングで絶命した。そんなところかな。どう？」

「さすがね。わたしたちの見解も同じよ。となるとエリは容疑から外れることになるわね」

「でもこれはエリさんの言葉を信じた場合だよ。彼女が嘘をついてるかもしれない。たとえば孝光さんを殺した後で自分からクローゼットに入り、内側から何らかの方法で錠を掛けたとか」

「それも一応考えてみたわ。だからわたし、自分で確かめてみたの。クローゼットの中に入って、内側から錠が掛けられないかどうか調べたのよ」

「結果は?」

「駄目。ドアはぴっちりと閉まるから、隙間から細工するとかそういうことはできなかったわ。いろいろ試してみたけど、どうやっても無理だった」

「そうか。じゃあエリさんは孝光さんに閉じ込められたと考えるしかないのかな。だとすると、やっぱり誰かがやってきて玄関口で孝光さんを刺したと……」

「その場合、真っ先に疑わしいのは妻の恵美なんだけどね」

景子の言葉に、新太郎は首を傾げる。

「動機でもあるの?」

「まだ調べはじめたばかりだけど、あまり夫婦仲はよくなかったみたい。理由は孝光の浮気癖ね。かなり奔放だったみたいよ。ちょっと聞き込んだだけだけど、孝光って男はかなりの洒落《しゃれ》者で、いつも高そうな服を着て、女と見ると誰彼かまわず色目を使ってたんだって。そんなんじゃ奥さんだって怒るわよね」

「でも、奥さんが犯人ってことは考えにくいんだけどなあ」

新太郎は納得できない様子だった。今度は景子のほうが首を傾げる。

「どうして？」

「孝光さんがエリさんをクローゼットに押し込んで隠してるからだよ」

「え？　それは逆でしょ。恵美が帰ってきたから慌ててエリを隠したって考えるほうが自然じゃないの？」

「それが違うんだな。たとえば今日だって景子さん、帰ってきたときにわざわざチャイムを鳴らして僕にドアを開けさせようとした？」

「いいえ。自分で開けたわ」

「当然だよね。鍵を持ってるんだし。恵美さんだって同じだと思うんだ。勝手に鍵を開けて家に入るはずだよ。つまり玄関ドアを挟んで孝光さんと向き合うなんてシチュエーションにはならないんだ」

「なるほど、言われてみればそうよね。まあ、そもそも恵美が犯人であるはずはないんだけど」

「なぜ？」

「アリバイがあるからよ。さっき彼女は友達と蒲郡の温泉に行ってたって話したでしょ。その旅館に確認してみたら、間違いなく宿泊してたわ。ずっと旅館にいたことも友人たちの証言で裏付けられたし。今朝になって友達が運転する車で名古屋に帰ってくるまでの行動は明らかなのよ」

「なあんだ。それだけ強固なアリバイがあるんなら、最初に教えてよ」

「新太郎君の考えを先に聞いてみたかったの。それで、他に考えがある？」

「ひとつあるよ。これも推測でしかないんだけどね」

「推測で充分。教えてよ」

「やっぱり気になるのはエリさんをクローゼットに隠したことなんだよね。なぜ隠さなければならなかったのか」

言葉を切り、冷蔵庫からジンジャーエールのボトルを持ってきてグラスに注ぎ足す。

「勿体《もったい》ぶらないで教えてよ。どうして隠したの？」

「その前にひとつ確認したいんだけど、エリさんの衣服はどうなってたの？　脱ぎ散らかされたままだった？」

「いいえ、全部ベッドの下に押し込まれていたわ」

「やっぱりね。エリさんが家にいることを徹底的に隠さなきゃならなかったんだ。つまりやってきた人間は、家の中に入る可能性があったってことだね」

「そういうことになるわね。でも、どんな人間が？　夜の十時過ぎよ」

「しかも寝室にまで入ってくるかもしれなかったわけだよね。一番考えられるのは奥さんの恵美さんだけど、彼女でないことはわかってる。だとすれば他に寝室にやってくるような関係の人間がいたってことだよね」

「つまり、他の女？」

景子の問いかけに、新太郎は頷く。

「エリさんの例からすると、孝光さんは奥さん以外の女性を自宅のベッドに連れ込むことに躊《ちゆう》躊《ちょ》躇しないひとだったみたいだ。だとしたら、他にもそういう女性がいたかもしれない。孝光さんの女性関係が原因で夫婦仲が悪かったって言ってたよね？」

「ええ。まだ相手のことまでは調べ終えてないんだけど」

「そっちのほうを捜査してみたほうがいいんじゃないかなあ。もしかしたら容疑者が出てくるかもしれないよ」

「そうね、そうしてみる。新太郎君、相変わらず鋭いわね。感心しちゃう。探偵事務所とか開いたら？」

「殺人事件を解決する私立探偵なんて、ミステリの中だけの存在だよ。それに今の僕はイラストの仕事と家事で手一杯なんだから、それ以上のことまでしたくないね」

そう言うと新太郎は、つまみに出しておいたスモークチーズを口に運んだ。

4

翌日は快晴だった。風は冷たかったが陽差しは柔らかい。格好の洗濯日和だ。新太郎は妻を送り出した後で早速ベッドのシーツを引き剥がし、洗濯機に放り込んだ。

各部屋の窓を全部開けて換気する。暖房した空気を逃すのは惜しかったが、籠《こ》もった空気を入れ換えておきたかったのだ。その間に寒いのを我慢しつつ掃除機で部屋を掃除する。

シーツの洗濯が終わったら次は衣類を洗う。ベランダも広いので洗濯物を多く干せるのが嬉しかった。プランターを置いて家庭菜園もできる。暖かくなったらバジルやパセリやミントを植えるつもりだった。

洗濯をすべて終えてしまうと、そろそろ昼近くなる。昼食は簡単にパスタを茹で、レトルトのミートソースをかけて済ませた。

食後は自分の部屋に引き籠もり、イラストの仕事をする。締め切りが近いのは女性雑誌に掲載される連載エッセイの挿絵だった。新太郎自身はもともと似顔絵を得意としているのだが、この仕事で要求されるのは文中に登場する花や菓子やファッション小物などの絵だ。だからインターネットなどで現物を探すところから始めなければならない。一カットだけの仕事だが、結構手間がかかるのだった。今回描くのはボルサリーノのパナマ帽だが、幸いなことにエッセイを書いた俳優が当の帽子を被っている画像も原稿と一緒に送られてきている。毎回こういう依頼なら手間がかからなくていいんだけど、と思いながら新太郎はイラストを描きはじめた。

エッセイによると、その俳優がボルサリーノの帽子を愛用するようになったのは祖父の影響なのだそうだ。とても洒落者だったらしく、いつもセルッティのスーツを着こなしボルサリーノの帽子を被っていたという。当然ながらかなりもてたようで、祖母は相当泣かされたのだということを後年になってから知ったらしい。それでも格好良く帽子を被って歩く祖父の姿への憧れは消えなかった、と俳優は書いている。

新太郎はパナマ帽を被っている男の横顔を描いた。エッセイを書いた俳優に似せているが、洒落者だったという彼の祖父を描いたつもりだった。イラストの傍《かたわ》らには短文を書くことになっていたので、昔レンタルビデオで観たアラン・ドロンの映画のことを書いた。

アラン・ドロンといえばフランス。フランスと言えば……新太郎は昨日の事件のことを思い出した。プロヴァンス風の家で起きた密室のようで密室ではなかった殺人事件。

被害者の孝光も俳優の祖父のように洒落者で浮気者だったという。そういう旦那を持つということは、妻にとっては重荷なのだろうか。それとも、もてる男を夫にしたという優越感があるのだろうか。

ペンを持つ手を止めて、新太郎はしばし考え込む。

そのとき、ふと脳裏に閃いたものがあった。ほんの思いつきだった。

そうか、そういう考えかたもできるんだ。でも、まさかね。

ひとつ息を吐き、新太郎は仕事に専念した。

イラストが完成したのは午後四時過ぎだった。早速スキャナで画像を取り込み、それをメールに添付して編集者に送った。手描き派の新太郎も、最終的には電子化のお世話になっているのだった。

送信を終えると、すぐに家を出る。夕方の買い物だ。歩いて行ける距離に地下鉄駅とそこそこの規模のスーパーがあるというのは、かなり良い住環境と言えるだろう。

野菜売場でこの時期にしては太めのアスパラガスを見つけた。それと牛の薄切り肉、なめこと牛蒡《ごぼう》、切れかけているトイレットペーパーも買った。

家に帰ると牛蒡の皮を削いで三センチほどに切り、醬油や生姜《しょうが》汁を合わせた漬け汁に浸《ひた》しておく。アスパラガスには牛肉を巻き付けて冷蔵庫にしまっておく。

やっと時間ができたので、リビングで読みかけのカズオ・イシグロを開く。BGMはヨーヨー・マにした。

もう少しで読み終わるというところで携帯電話の着信音が聞こえた。見ると景子からのメールだった。

〝ゴメン。今日も遅くなりそう。先に食べてて〟

文末には土下座する絵文字が添えられていた。新太郎は思わず苦笑する。

愛知県警捜査一課の鉄女《アイアン・レディー》、京堂景子がこんなメールを打っていると職場の同僚たちが知ったら、どんな顔をするだろう。

本を読み終えたところで夕食の支度を再開した。味付けをした牛蒡は汁気を取って片栗粉にまぶし唐揚げにする。肉巻きにしたアスパラガスはフライパンで火を通した。味付けは普通なら醬油かウスターソースにするが、思いつきでバルサミコを煮詰めて絡めてみた。それになめこの味噌汁と作り置きしておいたパプリカのマリネを添えれば夕食の完成だ。

早速食べてみる。牛蒡の唐揚げはすこぶる美味《うま》い。思わずビールが飲みたくなる味だった。アスパラの肉巻きもいい味になっているが、少しコクが足りないような気もする。景子に食べさせるときにはバルサミコにバターを合わせてみよう。

改良を加えた肉巻きを妻に食べさせることができたのは、それから三時間後のことだった。

帰ってきた景子はかなり疲れていて、機嫌もよくなかった。

「お腹空いた！　疲れた！　事件が鬱陶《うっとう》しい！　もー何もかもイヤっ！」

「はいはい、ちょっと待っててよ」

キレ気味に愚痴をこぼす妻を宥《なだ》めて食卓に付かせると、急いで料理を作ってテーブルに並べた。

「あー、これ美味しい！　新太郎君やっぱり料理上手！」

たちまちのうちに景子の機嫌が直る。どうやら不機嫌の一番の理由は空腹だったらしい。

一気に料理を平らげた妻に、熱い焙《ほう》じ茶を差し出す。

「今日も捜査、大変だった？」

「そうなのよ。しっちゃかめっちゃか」

そう言うと景子は茶を啜《すす》り、溜息を吐《つ》く。

「昨日の新太郎君のアドバイスどおりに孝光の浮気関係を捜査してみたら、もう出るわ出るわ、今日一日だけで三人も見つかったの。ひとりは孝光と同じ会社に勤めてる寺崎舞香《てらさきまいか》っていう二十四歳のOL。次が彼の会社に出入りしていた保険外交員の新山一美《にいやまひとみ》三十二歳。それと……」

「それと？」

「種田由利子《たねだゆりこ》三十八歳。彼女は専業主婦で、恵美の友達よ」

「奥さんの友達にまで手を出してたの？　すごいね」

「でしょ。ちなみに由利子は恵美と一緒に蒲郡の温泉に行ってたわ。妻と愛人が一緒に旅行に行くなんて、ちょっと考えられないわね」

「恵美さんは孝光さんと由利子さんの関係を知っているの？」

「知ってたみたい。過去のことだから気にしてないって言うんだけど。どうなのかしらねえ……今は関係がないとわかっていたとしても、そうやって割り切れるかしら。わたしなら無理。例えばわたしと出会う前に新太郎君と付き合ってた女がいたとしたら、その女とは顔も合わせたくないわ。ねえ、そういう子っている？」

またも自分に火の粉が降りかかってきそうだった。新太郎は慌てて話題を引き戻す。

「僕のことはともかくさ、由利子さんと孝光さんは今は付き合いがないんだね？　他のふたりは？」

「舞香や一美とは、今でもちょくちょく会ってたみたいね。ちなみに、そのふたりのことも恵美は知ってたわ」

「恵美さんってタフなひとだなあ。あちこちに浮気相手がいることを知ってた上で旦那さんと一緒に暮らしてたなんて。そんなに孝光さんのことが好きだったってことか……あ、でも夫婦仲は良くなかったんだよね？」

「そう。恵美に訊《き》いてみたら、『夫のことはとうに諦めています。別れないできたのは生活のためでした』だって。恵美はパートで働いていたけど、ひとりで生活できるだけの力はなかったみたい。旦那は超浮気者だけど、それさえ我慢すれば家にお金も入れてくれるし新しい家も建ててくれた。だから一緒に暮らしてたんだそうよ」

「そういうのって悲しいなあ。心が離れてても生活のために別れられないなんて……いや、それはともかく、その三人のアリバイはどうなの？　由利子さんは恵美さんと一緒に温泉に行ってたんだから孝光さんを殺す機会はなかったと見ていいんだよね？」

「そうね。恵美とほとんど一緒に行動したそうだから、お互いにアリバイを証明し合っているわ。お風呂にも一緒に入ってたそうだし、手洗いに行ったり電話をしたりってとき以外、相手の姿が見えなかったときはなかったそうよ。一緒に行った他の友人たちの証言からも、それは実証できてるわ」

「アリバイは完璧かあ。他の浮気相手は？」

「一美は旦那と一緒に家にいたと証言してるわ。夫の証言だけだと信憑性が薄いんだけどね。ちなみに今度の一件で一美と孝光の関係が一美の旦那にバレちゃったの。それでもう大騒ぎしてるんだって」

「余計なところに波紋を広げたわけか」

「そういうこと。で、舞香だけど、彼女はアパートに独り暮らしなのね。だからずっと自分の部屋にいたと言ってるけど、それを証明する人間はいないのよ」

「アリバイの有無だけで犯人と決めつけるわけにはいかないけど……舞香さんと孝光さんの仲は良好だったの？」

「それがねえ、舞香は『檜山さんは奥さんと別れてわたしと一緒になってくれると言っていた。そんなひとをわたしが殺すはずがない』って言ってるの」

「恵美さんと別れて舞香さんと？　そんな話になってたの？」

「恵美に訊いてみたら、寝耳に水だって。少なくとも夫婦の間でそんな話は出てなかったと言ってるわ。だとすると舞香の思い込みか、孝光が彼女の気を引くためにそんな嘘を言っていたのか。どちらにせよ、話が揉めて殺人に至る可能性はあるわね」

「一美さんは孝光さんと将来どうするつもりだったのかな？」

「どうやら彼女は自分の家庭を壊すつもりはなかったみたい。でも、逆に秘密を守るために孝光が邪魔になった、という考えもできないことはないわ」

「それは一美さんの旦那さんにも言えることだね。もしも奥さんの浮気に気付いていたら、浮気相手に対して殺意を抱く可能性はある」

「もしかして、夫婦共犯？　だとすれば彼らのアリバイも怪しくなってくるわ」

「可能性はないこともないね。旦那さんが孝光さんのことを知って殺意を抱いた。そして一美さんにアリバイ作りを手伝わせた。こういう筋書きも成り立つよ。実際はふたりで孝光さんの家へ行って一美さんがチャイムで彼を呼び出し、出てきたところを旦那さんが刺した」

「なるほど。こうなると徹底的に調べなきゃいけないわね」

景子は頷く。

「明日は総動員で一美夫婦と舞香のことを調べさせるわ」

5

そして翌日。

その日も帰宅が遅れた景子は、新太郎手作りの夕食——肉団子の甘酢あんかけ、キュウリとザーサイの和《あ》え物、わかめと玉子のスープ——を前にしても表情は冴えなかった。

「疲れてる?」

新太郎が訊くと、

「今日一日一生懸命に捜査して、ほとんど何も変わらなかったってわかったときの徒労感、言葉には表せないわ」

と言うのだった。

「それはどうして……あ、話をする前に、とにかく食べてよ」

「……うん」

それでも食事を終えると気分が少し晴れてきたのか、景子の表情にも活気が戻ってきた。

「やっぱり人間、美味しいもの食べないと駄目ね。きっと昼に食べたメンチカツ定食が不味《まず》かったのもテンション下がってた理由なんだわ」

「メンチカツは肉の臭みを取るのが難しいからね。それで、捜査のほうは?」

「新山夫妻のアリバイは意外なところから証明されたわ。じつは犯行のあった夜の午後九時に、彼らの家の三軒隣の家に空き巣が入ったと通報があったの。それで九時半から午前一時頃まで警察の人間が出入りしてたのね。ちょうど檜山孝光の死亡推定時刻がすっぽり収まる時間帯よ。その間、間接的に新山夫妻の家も監視されていたことになるわけよ。捜査に当たった人間に確認を取ったんだけど、彼らの家に特に動きはなかったと言ってるわ」

「そんな状況なら、警察の目をかいくぐって孝光さんを殺しには行かないか。百パーセント確実というわけでもないけど、一応信用できるアリバイだね」

「そうなのよ。となると、残るのは寺崎舞香なんだけど、こちらのアリバイはあやふやなままね。アパートにひとりでいたという証言は崩せないし証明もできない。本人は相変わらず自分はやってないと言い張るばかりだし。心証的には黒に近いんだけど、わたしも確証は持てないのよね。今日一日こんな感じでさ、捜査も停滞しちゃってたの」

「そうか、大変だったんだね」

「そうなのよ。おまけに昼御飯は不味かったしさ。もう一刻も早く家に帰って新太郎君の美味しい御飯を食べたかった。ほんと、結婚しててよかったと、しみじみ思うわ」

そう言いながら食後のマッカランを口に運ぶ。

「そういえば殺された孝光ってさ、鶴岡エリのこと前から口説いてたらしいわ」

「エリさんを？　誰から聞いたの？」

「行きつけのスナックのママから。孝光と恵美とエリの三人で飲んでたとき、恵美がトイレに立ったとたん孝光がエリの耳元で何か囁いたり手を握ったりしてたんだって」

「遣り手だなあ。それでエリさんの反応は？　嫌がってたの？」

「それが、あながち嫌がってなかったみたい。少しは脈があったっていうか、少なくとも拒んではいなかったって。これはまあ、そのママさんの印象なんだけどね」

「ふうん……」

新太郎は相槌《あいづち》を打ちながら天井を見上げる。

「どうかした？」

「……いや、昨日からちょっと思いついたことがあったんだけど、それが気になっててさ」

「どんなこと？」

「確証がないからなあ……ああ、でも確認することはできるのか」

新太郎は独り言のように呟いた。そして、

「景子さん、警察で携帯電話の着信記録を調べることはできる？」

「できるわよ。携帯電話会社に調べさせれば」

「だったら明日、調べてみてくれる？　そうすれば自供に追い込めるかもしれない」

「誰のケータイを調べるの？」

「恵美さんとエリさん姉妹。その結果が僕の想像したとおりなら……孝光さんを殺した犯人はエリさんだよ」

「エリが!?　でも彼女はクローゼットに閉じ込められてて——」

「可能なんだよ」

新太郎は言った。先程までは自信なさげな口調だったが、今では確信を持っているような表情になっていた。

「彼女が殺した。そして、恵美さんが事後従犯ってやつだ」

6

「いやもう、ほんとびっくり。新太郎君の言ったとおりだったわ」

翌日、珍しく早く帰ってきた景子が嬉々とした表情で報告した。

「じゃあ、やっぱりエリさんと恵美さんが？」

薄く切った真鯛の刺身をニンニクを擦り込んだ皿に丁寧に並べながら、新太郎が訊く。

「そのとおり。ふたりで仕組んだことだったわ。今、署で間宮《まみや》さんが取り調べしているところ。でも、どうしてわかったの？」

「早々にエリさんも恵美さんも捜査対象から外れちゃったでしょ。でもそれでいいのかなって思ったんだ。特にエリさんは現場にいたのに事件に関与してないと言い切っていいのかどうかってね。でもクローゼットに閉じ込められていたという確固たる事実がある以上、犯人と決めつけることはできない。それで、もしもエリさんが犯人だとしたら、どんな方法があり得るかなって考えたら、ひとつ思いついたんだ」

「それが恵美の協力なわけね。ね、今日は何を作ってるの？」

「真鯛のカルパッチョ」

きれいに並べた真鯛の上に塩とレモン汁で味付けしたオリーブオイルをまわしかけ、イタリアンパセリをあしらう。

「これでよし、と。で、何の話だっけ？」

「密室のトリックよ。結局この事件、密室殺人だったわけよね」

「そう、犯人が密室に閉じ込められるってタイプのね。あの夜、家の中でエリさんは孝光さんをナイフか包丁で刺した。そして玄関ドアに施錠してチェーンを掛け、ノブと床に血を付けて、さも孝光さんが玄関先で刺されたかのように細工したんだ。そしてそのまま、家に留まった。翌朝、恵美さんが警察に通報して警官と一緒に家に入る。警官はリビングで孝光さんの遺体を発見し、急いで署に連絡を入れる。そのとき、恵美さんは慌てている警官の眼を盗んで二階へ上がり、エリさんが隠れているクローゼットの錠を掛ける。こうして密室は完成した」

「そこのところも全部、新太郎君の推理どおりだったわ。一緒に家に入った警官が新人で死体を見たのが初めてだったのが、恵美には幸いしたのね」

「自分は蒲郡でのアリバイがしっかりしているから疑われることはない。エリさんもクローゼットに閉じ込められていたから犯人ではあり得ないと警察は考える。だから容疑は孝光さんの浮気相手に向けられるだろうと恵美さんは考えたんだろうね」

「計画は恵美が考えたのね」

「そう思うよ。エリさんは酔っぱらって孝光さんの家に連れ込まれて乱暴されそうになって、それで動転して彼を殺してしまった。凶器はたぶん、家の中にあったものだね。探せばどこから見つかると思うよ。とにかくこれは、まったくの無計画殺人だったと思う。それを恵美さんが複雑な事件に作り替えてしまったんだ。ただの鮭のムニエルを、後からトマトソースをかけることでプロヴァンス風に変えてしまうようにね」

「うまいこと言うわね。でも本当に無計画だったのかしら。最初から姉妹で示し合わせて孝光を殺したとは考えられない？」

「それは、ないと思うな。だって孝光さんを殺した後、エリさんから恵美さんにケータイで連絡が入っているんでしょ？」

「ええ、温泉にいる恵美が電話を受けて、それで事後の策とかを相談したって」

「もしも最初から孝光さんを殺すつもりで計画してたなら、そんな土壇場で連絡を取り合ったりしないよ。やっぱり事件は突発的なもので、恵美さんが咄嗟の判断でエリさんに細工をさせたんだ」

「そうか……でも、ひとつだけ気になることがあるのよね」

「どんなこと？」

「エリが犯行後に孝光の家から逃げ出さなかったのは、玄関ドアを内側から施錠するためなのよね。でもさ、どうして裸のままだったの？　服ぐらい着ていてもいいのに」

「それも恵美さんの指示だったんじゃないかな。孝光に襲われたって話に真実味を持たせるためだから、とかなんとか言われてさ。でも……」

「でも？」

「でも本当は、恵美さんの意趣返しだったのかも。孝光さんの誘いにあっさりとついていった妹に対して、ちょっと怒ってたんじゃないかな。だから恥をかかせようとしたのかも」

「意地悪な女ね」

「夫を殺した妹を庇おうとしてたことも確かだよ。つまり夫より妹を取ったってこと」

新太郎はできあがった真鯛のカルパッチョをテーブルに置くと、冷蔵庫から冷えた白ワインとグラスを取り出し、並べた。

「とにかく、これで事件は解決なんだから、慰労会をしようよ」

「いいわね。美味しい料理に美味しいお酒。そして美味しい旦那様」

注がれたワインを前に、景子は言った。

「美味しいって形容詞、ちょっと怖いな」

新太郎は笑いながら、妻とグラスを合わせた。

二品目——シェフの気まぐれ殺人

1

名古屋市中川区伏屋《ふしや》、近鉄伏屋駅の程近くにあるマンション前に、人だかりができていた。

時刻は午後八時をまわり、春まだ浅い三月の夜風がコンビニのレジ袋を舞い上げながら人々の間を吹き抜けていく。

彼らの視線はマンションの入口と、そこを頻繁に出入りする警察官や鑑識員、そしてパトライトを赤く明滅させているパトカーに注がれていた。

彼らの口からは白い息とともに「殺された」「死体が」「誰?」といった言葉が吐き出されていた。皆、詳しい情報を知りたがり、喋りたがっていた。

彼らを制しているのは近くの交番からやってきた制服の警察官二名。どちらも四十歳を過ぎたベテランで、こういう場合の野次馬制御には慣れていた。

「押さないでください。危ないですよ」

背の高いほうの警官が宥《なだ》めるように言った。

「誰が殺されたんだね？」

先頭にいる五十歳過ぎらしい禿頭《はげあたま》の男が尋ねてくる。

「わかりません。只今捜査中です」

柔らかな口調ながら、詳しい情報を教える気は一切ない。いや、そもそも彼らも事件の内容は、ほとんど何も知らないのだ。

「光田《みつだ》さん、光田さんが殺されたの？」

三十代半ばくらいの女性が言った。

「知りません。光田さんって誰ですか」

「あのマンションの住民よ。毎週ゴミ出しがひどいの。燃えるゴミも不燃ゴミも一緒くたにして。あんなひと、きっとろくなことが起きないって思ってたのよ」

もう光田なる人物が被害者だと決めてかかっているようだった。

「それで、誰が光田さんを殺したの？」

「いや、被害者が光田というひとかどうかもわかりません。憶測でものを言わないでください」

「オクソクって何よ？」

「だから——」

そんな遣り取りが交わされている中、新たに一台の車がやってきて、パトカーの隣に停車した。

運転席から出てきたのは女性だった。二十代後半から三十代そこそこの年頃だろうか、背は高く、髪はショートにカットしている。身に纏《まと》っているのはダークグレイのコート、その下の黒いストッキングに包まれた足は膝より下しか見えていないが、すらりとして形がいい。

「何だ、あの女?」

先程警官に話しかけていた禿頭の男が声をあげた。

「どえりゃあ別嬪《べっぴん》さんだがね」

野次馬が一斉に女性に眼を向ける。

警官たちもそちらを見て、そして硬直した。

「まさか……」

「あのひとが、来た……」

「あのひとって、誰だね?」

禿頭男が訊《き》いた。

「よ、余計なことを言わないでください」

「容疑者かね? それとも被害者の愛人か」

「何が余計なことだ。あの別嬪さんは関係者かと訊いただけだが」

警官は慌てる。

「それが余計なことなんです。あのひとには触れないでください。俺、警官の仕事が好きなんです。辞めたくないんです」

懇願するように言う警官を見て、禿頭男は首を捻《ひね》る。

「何言っとるか、さっぱりわからん」

そしてマンションに入ろうとしている女性に向けて声をあげた。

「おおい、あんた、何者だ？」

女性は足を止め、ちらりとこちらを向いた。正確には視線だけを走らせたのだった。

その瞬間、

「うっ……！」

禿頭男と警官二名、そして他の野次馬の数人が無意識に心臓のあたりを押さえてよろめいた。

夜風よりも冷たいものが、彼らを貫いたのだ。

気が付くと、女性の姿はすでになかった。

「ふぅぅ……」

長身の警官が長い溜息をついた。

「だから、言わんこっちゃない。あのひとには手出し無用なんです」

「いったい……一体あれは、何なんだね？」

禿頭男が胸の痛みに顔を顰《しか》めながら尋ねる。

「あのひとは……」

背の低いほうの警官が畏敬の念を込めて言った。

「あのひとは、氷の女王だよ」

物語は一時間ほど前に遡《さかのぼ》る。

「前から思ってたんだけどさ、シェフって、どうして気まぐれなことをするのかしら？」

京堂景子《きょうどうけいこ》は柔らかく煮えたサツマイモを頬張りながら言った。

「どういうこと？」

夫の新太郎《しんたろう》は箸を止めて訊き返す。

「ほら、レストランで『シェフの気まぐれサラダ』とか『気まぐれピザ』とかあるじゃない。どんだけ気まぐれなのかって話よ」

「ああ、そういうことか」

新太郎は笑いながら、

「あれはね、イタリア料理によくある『カプリチョーザ』って言葉の直訳だよ。イタリア語で『気儘《きまま》』とか『気まぐれ』って意味」

「カプリチョーザって、ピザの種類であったわよね」

「それこそ『気まぐれピザ』のことだよ。そもそもはシェフが、そのときにお勧めの食材を乗せて焼いたものなんだ。だからニュアンス的には気まぐれピザじゃなくてお勧めピザだろうね」

「ああ、そういうものなのね」

「別にピザに限らないけどね。例えばこれだって」

と、器に盛った煮物を指差す。

「普通は筑前煮《ちくぜんに》って言えばサトイモを使うんだけど、今日は残り物のサツマイモがあったから、

「それで作ってみたんだ。言ってみれば気まぐれ筑前煮、チクゼンニ・カプリチョーザだね」

「なるほど、これも気まぐれかあ。でも、美味《おい》しいからいいわ」

珍しく早く帰ることのできた日の夕食。夫婦水入らずで過ごす時間。景子にとっては得難いものであった。

今日も食卓には新太郎手作りの料理が並ぶ。筑前煮の隣に置かれたイカの一夜干しは、新太郎が自らベランダで干したものだ。他にホウレンソウのお浸《ひた》しとシジミの味噌汁、これも新太郎が漬けたナスとキュウリが添えられている。

愛知県警捜査一課に勤める景子は、その職業柄、帰宅時間が一定していない。捜査が長引くと徹夜ということもある。それでも家に帰れば新太郎は温かい夕食を用意してくれる。イラストレーターという自分の仕事もしながら、家事全般をそつなくこなす夫の存在なしに、彼女の生活は成り立たないのだった。

旺盛な食欲は卓上の料理を瞬《また》く間に制覇した。

「あー、美味しかった。やっぱり和食もいいものね」

「ここ最近フレンチばっかり作ってたからね。たまには和食も作らないと」

新太郎は最近フランス料理の教室に通いはじめた。そのせいもあってここのところは洋食のメニューが多かったのだ。

食後に焙《ほう》じ茶を出して、皿を流しに片付けると、新太郎は妻に声をかける。

「この後、何か飲む?」

「そうね、まだ早いし、ゆっくり飲もうかしら」

「和食だったから焼酎？」

「うーん……今日はスコッチ」

「了解」

新太郎はグラスをふたつ出してきた。氷を入れ、サイドボードからマッカランのボトルを取り出して封を切る。つまみにはキスチョコを用意する。

琥珀色の液体が注がれたグラスの中で、氷が音を立てた。

「仕事が一段落した後って気楽でいいわ」

グラスを眼の高さに上げて、景子は言った。

「こんな悠長なこと言ったら、まだ頑張って仕事している連中に悪いけどね。あ、でも、もしかしたらわたしも、そっちを手伝わされることになるかもしれないなあ」

「そっちって？」

「ほら、例の連続殺人よ」

「例の……ああ、女性ばっかり殺されてる、あれ？」

「そう。わたしたちは別の事件を受け持ってたから今までは無関係だったけど、あっちじゃ人手が足りないくらい大忙しなの。昨日もひとり殺されて、これで犠牲者は四人。面子《メンツ》にかけて犯人を挙げなきゃって県警全体でシャカリキになってるの。わたしもこれで手が空《あ》いたから、捜査に組み込まれる可能性大ね」

「じゃあ、ゆっくりできるのは今日だけか」

「そうかも。楽しめるときに楽しんでおかないと」

「僕も締め切りをひとつクリアしたから、今日は羽目を外しても大丈夫だよ」

「それって、誘ってる?」

「あ、い、いや、その……」

まだ飲んでもいないのに新太郎は顔を赤らめる。そんな素朴な仕種《しぐさ》も景子には微笑《ほほえ》ましい。

「じゃ」

互いのグラスを合わせ、口に運ぶ。夫婦の楽しい時間の始まり……のはずだった。

それを、電話の呼び出し音が打ち砕いた。

「……もう」

今しも飲もうとしたグラスを置いて景子が立ち上がる。電話機のディスプレイに表示される文字を見て、思わず舌打ちをした。

「ったく……」

「どうしたの?」

「わたしにだわ。たぶん仕事」

受話器を取り、耳に当てがう。

「はい、こちら京堂」

その声はすでに夫と交わしていた甘く柔らかなものではない。聞く者の背筋を伸ばさずにはおかない冷徹な口調に変わっていた。

「……わかった。すぐに行く」

受話器を下ろし、溜息をひとつ。

「出かけるの？」

新太郎の問いかけに、景子は頷く。

「中川区で殺人事件だって。行ってくるわ」

そしてテーブルに置かれたスコッチのグラスに眼をやる。

「お酒は帰ってからね」

2

京堂景子は機嫌が悪かった。

夕食後の夫との楽しい語らいを邪魔されたからだ。

不機嫌のオーラは彼女の周囲から陽炎《かげろう》のように立ち上っていた。おかげで現場に入る直前、無遠慮な言葉を投げかけてきた野次馬に、思わず冷たい視線を向けてしまった。

そして現場に入ってからも、警官や鑑識員たちが彼女を見るなり閻魔《えんま》大王の前に引き出された亡者のような顔になって硬直するのだった。

まったく、どいつもこいつも。

景子は奥歯を噛みしめて怒りを堪《こら》え、それから言った。

「生田《いくた》、いるか」

「は、はい」

即座に生田刑事が飛び出してきた。いつも身近にいるだけに景子の視線にはある程度の耐性はあるはずなのだが、それでも今日の景子に対しては竦み上がっていた。

ここでまたひとつ冷たい言葉を投げかけたりしたら、間違いなく生田は使い物にならなくなるだろう。景子は冷静さを心がけながら、言った。

「状況の説明を」

「はい、通報は本日午後七時十一分、この部屋――尾越《おこし》サンライズマンション三〇七号室で人が死んでいるという内容でした。通報者は名塚繁《なつかしげる》二十六歳。彼からの情報により被害者はこのマンションの住人である木村英信《きむらひでのぶ》三十八歳であることが確認されています」

生田の報告を聞きながら景子は部屋の中を進む。鑑識員たちはモーセの前の海原のように左右に別れ、彼女の進路を邪魔しないようにした。

最初の部屋には小さなソファとテレビ以外には装飾品の類《たぐい》はあまり置かれていない。照明器具もシンプルなデザインが選ばれている。

それは隣の寝室も同様だった。十畳ほどの部屋の片隅にベッドと衣装簞笥《だんす》が置かれ、残りは結構なスペースが確保されている。

遺体は草色のカーペットが敷かれた、そのスペースに横たわっていた。青いスウェットスーツを着ていた。仰向けの体勢で倒れている。三十八歳ということだったが、見た目ではもっと若いような印象があった。髪は栗色に染め、口髭は形よく整えられている。命を失ったため顔に生気はないが、整った顔立ちの部類に入るだろう。左手首にブレスレットか紐のようなものを付けていた。

男の胸には木製の柄のようなものが突き立っている。その周囲には血の染みができていた。

景子は遺体の前に立ち、手を合わせた。そして生田に言う。

「これまでの鑑識の見解は？」

「被害者の胸に刺さっているのはペティナイフのようなものだと推測されます。それ以外の外傷は見当たりません。あ、もちろん詳しいことは解剖を待たないといけませんが」

景子に追及される前に、生田は慌てて弁明を加えた。

「殺されたのは、たぶん三時間から四時間前、つまり今日の午後四時から五時頃だわな」

遺体の傍《かたわ》らに立っていた初老の男性が言った。間宮《まみや》警部補、景子と共に捜査をすることの多い古参の刑事だ。

「思いきりよく一突きされとる。犯人には明確な殺意があったんだろうな。景ちゃん、これは怨恨に間違いないて」

生田はふたりの先輩刑事を前にしてはらはらしていた。景子が安易な憶測で捜査を進めることを何よりも嫌っていることは、骨身に沁みて知っている。もしも生田が間宮のような言葉を口にしようものなら、たちまちのうちに絶対零度の視線と鉈《なた》のごとく容赦のない言葉を浴びせられ、一瞬にして凍結させられてしまうだろう。さすがに先輩である間宮にまでそんな態度は取らないと思うが……。

「間宮さん、それは根拠があっての発言ですか」

景子の言葉が発せられた。その瞬間、室内の気温が確実に五度、低下した。

「……い、いや、そういうわけではないがよ」

さすがの間宮もうろたえている。

「ま、わしの勘だわ」

「では、根拠はないのですね?」

「いや……その……まあ、な」

「わかりました」

景子は会話を打ち切った。間宮は命拾いしたかのように胸を撫で下ろしている。

そうだった、と生田は思う。先輩だろうが上役だろうが、京堂景子の氷の視線と鋭利な言葉を免れることはできないのだ。以前、鳴り物入りでやってきたキャリア組の課長が捜査会議の場で思いつきの捜査方針を連発したとき、景子が剃刀《かみそり》のような言葉を投げつけて沈黙させたことがある。傍《はた》で見ていた者でさえ血を吐きかねないくらい凄惨な光景だった。以後、その課長は見るも哀れな小心者となり、会議でもろくに発言しなくなってしまった。よほど彼女のことが怖かったのだろう。任期を終えるまでの二年間は、借りてきた猫のようだった。

あの課長は今頃どうしているのだろう。たぶん県警での経験は彼の輝かしい経歴の中でも最悪のものとなっただろうが。

「生田」

その呼びかけが、即座に追憶から彼を引きはなした。景子の声には脊髄反射的に反応してしまう。そう訓練されてきたのだ。

「通報者と被害者の関係は？」

「あ、はい。名塚繁は木村英信に雇われているそうです。木村は中区にあるフランス料理の店のオーナーシェフだそうで」

「話、聞けるか」

「はい、別室に待たせてありますから」

名塚は華奢《きゃしゃ》な体つきの男だった。背もそんなに高くはない。頬骨が高く、厚い唇を半開きにしているところが、どこか魚類めいた顔立ちに見えた。彼は景子が部屋に入ってくると、びっくりしたように眼を丸くした。

「県警捜査一課の京堂と言います」

景子が自己紹介すると、さらに驚いたような顔で、

「刑事さん？　ほんとに？」

「何か？」

「いや、ほんとにこんな美人の刑事がいるんだ。まるでドラマみたいだなって」

あからさまな称賛にも眉ひとつ動かすことなく、景子は言った。

「お話を聞かせてください。名塚さんは木村英信さんのお店で働いているのですね？」

「うん、今は修行中。そのうち自分の店を持つつもり。でも、どうなるかなあ。シェフが死んじゃったから、別の仕事を見つけないと。店はたぶん潰れるだろうし」

「木村さんのご家族は？」

「いないよ。独り暮らし。ずっと独身だって。俺もだけど」

「木村さんの遺体を発見した経緯を教えてください」

「経緯って言われても……シェフがいつもの時間になっても店に来なかったんだよ。俺、他のスタッフと一緒に仕込みしてたんだけど、六時の開店の時間になっても来ないの。それで様子を見てこいって先輩に言われて、ここに来てみたら、死んでたんだ」

「そのところを、もっと詳しく。マンションに到着したのは何時ですか」

「えっと……六時半を過ぎた頃」

「マンションに来て、それから何を？」

「何をって……インターフォンを押したよ。でも返事がなかった。変だなって思ってドアに手を掛けたら、開いたんだ。それで中に入った。そしたら死体があったんだ」

「それで？」

「びっくりしちゃってさ。死体なんて見るの初めてだし。で、こういうときは警察に一一〇番したほうがいいかなって思って、ケータイで電話したんだ。警察って思ったより早く現場に到着するんだね」

「あなたがマンションに到着したとき、何か気付いたことはありませんでしたか。マンションから誰か出てくるとか」

「……そういうの、なかった」

「警察が到着するまでは、どこに？」

「玄関を出て通路のところで待ってた。死体と同じところにいたくなかったし」

「そのときに不審な人物を見かけるようなことはなかったですか」

「ないね。誰も通路を通らなかった」

「今日、木村さんは通常どおり店にやってくる予定だったんですね？」

「うん、別に休むとかそんな話は聞いてなかったよ。昨日の月曜が店の休日だったんだ。もしも続けて今日も休むなら、俺たちにそう言ったはずだし」

「木村さんに最後に会ったのは？」

「一昨日《おととい》の日曜日。店を閉めて片付けと掃除をして、最後に挨拶してアパートに帰った」

「それは何時頃ですか」

「十一時半くらい。いつもと同じ時刻だよ」

「そのとき、木村さんに何か変わったことはありませんでしたか」

「うーん……別になかったと思うなあ。いつもどおりだった」

「何も話さなかった？」

「うん。先輩が休みに釣りに行くとかって話をしてて、シェフも最近海釣りに行ってないとか言って、だったら一緒に明日釣りに行きませんかって誘ったんだ。そしたら別に用事があるとか言ってた。それくらいかな」

「用事というのは、どんな？」

「聞いてない。あ、でも前に休みのときには何してるんですかって訊いたら、大抵家でゴロゴロしてるって。でもときにはパワーをもらいにいくとか言ってた」

「パワー？」

「そんなこと言ってた。何がパワーになるんですかって訊いたら、人間だって」

「人間……」

そのとき、部屋に鑑識員がひとり入ってきた。

「ちょっと、見てもらいたいものがあるんですが」

「何か見つかったんですか」

生田が訊くと、鑑識員は緊張した面持ちで、

「ええ」

とだけ言った。

景子は生田を引き連れて寝室に戻った。

木村の遺体は先程と同じところに横たわったままだった。しかし今は誰も彼の近くにはいない。皆の関心は壁際に置かれた衣装簞笥《だんす》に注がれているようだ。

高さも幅も二メートル近くある大きな簞笥だった。引き戸の表面が姿見用に鏡張りになっている。

そちらに近付いた景子は、簞笥の中を見てギョッとした。衣服を吊り下げた脇に人間の頭部が見えたのだ。

まさかまた死体が、と一瞬身構えたが、すぐに自分の誤認に気付いた。簞笥に収まっているそれは、マネキンの上半身だった。デパートなどで帽子やマフラーを展示するときに使われているものと同じだ。真っ白で艶やかだが、首回りだけなぜか黒ずんでいた。

どちらにせよ、鑑識員たちが注目しているのは、そのマネキンではない。

「何があった?」

気を取り直した景子が訊くと、間宮が彼女の前に小さな赤いものを差し出した。

「デジカメ?」

ワインレッドのコンパクトデジタルカメラだった。

「その簞笥の中の抽斗《ひきだし》に入っとった。これ、どえらいものかもしれんぞ」

そう言うと間宮はカメラの電源を入れ、液晶画面に記録されている画像を表示させた。

「見てみぃ」

写し出されたのは肌色の地に茶色い縄のようなものが交差している画だった。

「何ですか」

景子が訊くと、

「次の画像を見ればわかるて」

間宮はスイッチを押した。画像が切り替わる。

「……これは……」

景子も息を呑んだ。

二枚目は先程の画像をさらに引いた位置から撮ったものだった。肌色の地と見えたものが本当の人間の肌であることがわかる。それも頸部《けいぶ》だった。

茶色い縄のようなものは、その頸部に食い込むように巻き付いていた。

間宮はさらに画像を切り換える。今度はさらに引いたところから撮っていた。

女性だった。俯《うつぶ》せの状態で倒れている。髪はショートで上着は襟なしなので、首の部分が露《あらわ》になっていた。そこにあの縄——太さからすれば紐と言ったほうがいいかもしれない——がきつく巻き付けられている。

倒れている女性を別の角度から撮影したものが何枚か続く。景子はその画像を食い入るように見つめた。

「……ちょっと止めて」

景子は間宮に言い、画像送りを止めさせた。

「これは、先程とは違う場所ですね」

同じように倒れた女性の首に紐の巻き付いた画像だったが、髪と服の色、そして女性が倒れている地面の色合いが違っていた。

「そのとおり、これはまた別の件だて」

間宮は言った。

「これだけじゃないぞ。見てみい」

カメラを渡され、景子は画像を送った。何枚か同じ場所で撮られたものが続いた後、また別のシーンに切り替わった。こちらもやはり首に巻き付いた紐を中心に撮られている。

画像は全部で四人分、あった。

「これは、もしかして……」

横から画像を覗き込んでいた生田が呟くように言った。

「そう、あの事件だがね」

間宮が応じる。

「鑑識の人間の何人かは、例の連続殺人の現場にも出張って遺体を見とる。そこに写っとるのは間違いなく被害者たちだそうだわ」

「でも、どうしてこんな写真が、ここに？」

「考えられる可能性は、ひとつ」

景子が言った。

「犯人がこの写真を撮った。そして」

カメラを持ったまま、景子は木村の遺体に近付いた。

彼の左手首に何重にも巻き付けられているのは革製の茶色い紐だった。景子はそれと画像の中に写っている紐を見比べた。

「同じものですね」

生田が言った。

「連続殺人の現場に行ったのは誰だ？」

景子の問いかけに、ひとりの鑑識員がおずおずと手を挙げた。

「被害者はみんな絞殺されていたんだな？」

「はい」

「凶器は現場に残されていたか」

「いいえ、ありませんでした」

「そうか」

もう一度、木村の手首にある紐に眼をやる。

「この紐を詳しく分析しろ。被害者の痕跡が残っているかもしれない」

「じゃあ、やっぱり……」

「そうだ」

生田の言葉を引き継ぐように、景子は言った。

「おそらくこの紐が凶器だ。そして」

彼女の表情が暗く翳《かげ》った。

「ここで死んでいるのが、連続殺人の犯人だ」

3

「まったくもう、思ってもみない展開よ。まさか連続殺人犯が殺されていたなんてねえ」

風呂上がりにカモミールティーを飲みながら、景子は言った。

「その木村って男が女性を殺してた犯人だってのは確定?」

向かいの席に座った新太郎が尋ねる。

「ええ、デジカメに入っていた画像が四人の殺害現場を写したものだってことは確認できたわ。画像に記されている日付と時間も犯行時刻とぴったり一致するし。それと木村の手首に巻いてあった紐ね、あれも普段から彼が付けてたものだってことは店の人間の証言でわかったの。みんな何かのお守りだろうって思ってたみたい。紐は詳しく調べてもらっているところだけど、木村以外の人間の皮膚の一部とか女性のファンデーションとかが付着している可能性が強いんですって。あれが凶器で間違いないわね。

さらに決定的なのは、同じく彼の箪笥の抽斗からネックレスとペンダントが見つかったの。どれも被害者が身に着けていたものだと確認できたわ」

木村英信の遺体発見の日は、結局徹夜仕事となって帰ることができなかった。翌日になってやっと景子は帰宅した。しかし仮眠を取ったら再び仕事に戻らなければならない。今は束の間の休憩時間だった。

「時間がないんでしょ。早く寝たほうがいいよ」

新太郎が気遣うように言うと、

「でも、ひととおり新太郎君に聞いてもらいたいのよ。そうでないと頭がこんがらがっちゃって」

「疲れてるからだよ。でもまあ、景子さんが話したいって言うのなら付き合うよ」

「ありがと。じゃあ話すわね。連続殺人についてはわたしも切れ切れにしか情報を知らなかったんだけど、今回のことで一から頭に入れたわ。最初の事件は三ヶ月前、三浦《みうら》みそのって女子大生が中区の公園で殺されたのが始まりなの。その一ヶ月後に山口玲奈《やまぐちれな》ってOLが同じく中区の別の公園で殺されて、さらに三週間後、今度は津川由貴《つがわゆき》って女子高生が中村区の公園で、そして一昨日、八沢好美《やざわよしみ》って女性教師が東区の公園で殺されたの。犯行時刻はどれも夜。でも七時とか八時とか、そんなに遅くない時間なのね。犯行現場になった公園は人気《ひとけ》がない場所で、そんな時間なのに目撃者はひとりもなし。これまで有力な情報もなかったわ。木村英信は容疑者として浮かんできたこともなかったって。専従していた刑事たちには文字どおり寝耳に水だったみたい」

「犯行はどれも月曜日に起きてたんだよね」

「そう、木村の店の休業日。他の従業員たちが釣りとかに行っているときに、シェフは人殺しをしてたってわけ。まったくもう、許しがたいわね。生きてたら締めあげてやるのに」

「被害者たちに共通点は？」

「捜査の結果、知り合いでも何でもなかったって。年齢が十七歳から二十五歳までの間、背丈も体型もまちまちで、あまり共通点はないみたい。みんな髪が短めってところが似てると言えば似てるかもね」

「髪が短い……そういう女性が好みだったのかな？　でも……」

「どうかした？」

「あ、いや、何でもないよ。続けて」

「被害者と木村との関係も今のところ浮かんでこないわ。どうやら直接的にはなかったみたい。適当にショートヘアの女性を見つけては襲っていたのかもね」

「適当……気まぐれってやつか」

「そう、文字どおりシェフの気まぐれ殺人」

「でも、それはどうかなあ。被害者を選ぶのにしても、何か犯人なりの理由付けはあったような気がするんだけど」

「どうしてそう思うの？」

「犯行がまるで判を押したように同じパターンじゃない。人気のない夜の公園で襲って首を絞めてって。まるで公園でないといけない理由でもあったみたいに」

「偶然ってことはない？」

「夜の公園を若い女性がひとりで歩くなんて、なかなかないことだと思うよ。木村はたぶん、事前に調査してそういう場所を歩く人間を見つけておいたんだと思う。そして後をつけて、絶好のタイミングを見計らって襲った」

「つまり、公園でなければならない理由があったということ？」

「そんな気がするんだよね」

「うーん……」

「どうしたの？」

「いえ、ひとつ気になってることがあるの。それぞれの事件の現場についての報告を読んで、おかしいなって思ったんだけど……つまりね、遺体の発見場所が明るすぎるのよ」

「明るすぎる？　どういう意味？」

「四つの事件全部、遺体は公園内の街灯下で見つかっているの。照明に晒《さら》されて結構目立つ状態だったのよ。普通殺人を犯した場合、犯人は遺体をできるだけ隠そうとするはずなの。明かりのない暗闇に引きずり込むとか。現場の公園にもそんな暗い場所はたくさんあったのよ。なのに遺体は見つかりやすい明るいところに放置されていたの。それどころか、暗い場所で襲って明るい場所へと移動させた形跡まであるの」

「ほんと？」

「ええ、ふたり目の山口玲奈のケースでね、彼女のバッグやマフラーが遺体発見場所から二メートルくらい離れた所に落ちていたの。そこは夜になると照明が届かなくて暗くなる場所なのよ。そんなところで襲いかかっておいて、わざわざ明るい所にまで引きずっているようにしか思えないのよね」

「マフラー……マフラーしてたんだね？」

　新太郎の口調が変わった。

「そうか、やっぱりしてるよなあ。だったら……」

「何か思いついた？」

「いや、さっきから気になってたことなんだ。首に凶器の紐が巻き付いた写真が撮られてたってことは、被害者は全員、首を剝き出しにされていたってことだよね？」

「ええ」

「最初の事件が三ヶ月前だから去年の十二月、真冬だよ。それなのに生前から首を晒した状態でいたとは考えにくい。襟付きの服を着るか、あるいはマフラーをするか、どっちにしても防寒はしていたはずだ」

「ちょっと待って」

　景子は額に手を当て、記憶をまさぐる。

「……三浦みそのは襟なしのセーターの上にボア付きのコートを着てたけど、発見時にはコートは肩まで脱げていたわ。二番目の山口玲奈はさっき言ったとおり。津川由貴もマフラーが取れた状態で発見されてる。八沢好美も同様……四人とも首を晒しているわ。これも木村の仕業なの？」

「そう考えたほうがいいね」

「どうしてそんなことを……」

言いかけた景子が、はっとする。

「写真……」

「そう、写真を撮るため、というのが目的のひとつだと思う。木村は自分が殺した女性の、紐で絞められた首の部分を撮影しておきたかったんだ。夜の公園って、その意味では絶好のロケーションだったのかもしれない。人気が少なくて、しかも照明で明るく照らされているスポットもあるからね」

「なるほど、そういうことなのね。でも、どうしてそんなに写真に固執したのかしら?」

「もしかしたら戦利品のつもりかな。戦国時代の侍が敵を討ち取った後で首を取ったようなものかも。被害者が首に付けていたネックレスやペンダントを奪ったのも、同じ理由だろうね」

「ひどすぎるわ」

景子は顔を顰めた。

「今、思い出したんだけど、木村は店のスタッフに休みのときには何をしてるんですかって訊かれて、パワーをもらいにいくとか言ってたそうよ」

「パワー?」

「何がパワーになるんですかって訊いたら、人間だって答えてたらしいんだけど。それってつまり……」

「人を殺して、その生命力でも奪ってるつもりだったのかな。凶器の革紐をいつも手首に巻き付けていたのも、そのパワーを得るためだったのかも」

「それって……すっごい悪趣味ね」

「うん、そうだね。でも、木村の悪趣味はそれだけじゃないと思うよ。僕が気になってるのは凶器の紐が直接被害者の首に食い込んでいるってことなんだ。襲われたときには被害者たちはマフラーや襟で首を覆っていた。だから直接首を絞めるには、それを剝き出しにしなきゃいけない。相手の抵抗をものともせず、マフラーを引き抜きコートの襟を引《ひ》っ剝《ぺ》がし、革紐を首に巻き付けて一気に締めあげる。相当な手間がかかったと思う。それだけのことをしてでも、木村は生身の首を絞めたかった。そして、自分が首を絞めているまさにその状況を、自分の眼で確かめたかった。これが被害者を明るい場所に連れ込んで殺害した、もうひとつの理由だよ」

「なんか、酷《ひど》い話ね。木村って歪んでるわ」

「歪んでいる人間なりに、自分の意志に忠実だったんだろうね。ショートヘアの女性ばかり襲ったのも、髪で首が隠れないからなんだと思うな。でも、かなり手際がいいよね。首を絞める前にマフラーを奪い取ったり襟を剝《は》いだりなんて、そう簡単にできるとは思えない。何度か練習でもしないと無理なんじゃないかなあ」

「練習……まさか」

今度は景子の顔色が変わる。

「何か？」

「木村の部屋の簞笥にね、上半身のマネキンがあったの。白いマネキンだけど、首のあたりに黒い痕が付いてたのよね。あれってまさか……」

「ああ、そうか。それが練習台だったんだよ。痕が付くくらい練習してたんだな。手際よく人の首を絞められるように」

ふたりの間に沈黙が下りた。互いに陰惨な想像を脳裏に巡らし、気持ちが沈んだ。

「……なんだか、やりきれない話。殺人犯は許せないけど、木村を殺した犯人は、ひとつだけ良いことをしたのね。これ以上の犠牲者を出さないようにしたっていう意味では」

そう言ってから、景子は思いついたように、

「まさか、木村を殺した犯人の目的って、それだったのかしら。新たな犠牲者を出す前に殺してしまおうってこと?」

「そうかもしれないけど、連続殺人が木村の仕業だと知っていたとして、犯人はどうして自分の手を汚す気になったのかな。警察に報《しら》せればよかったのに」

「そうよねえ。うちに教えてくれれば捕まえてやったのに。それじゃ満足できなかったのかな……って、もしかして……」

「犯人は、木村が殺した被害者たちの関係者ってことかな。大事なひとを殺された復讐」

「警察の手を借りずに自分の手で復讐を果たしたってこと? 考えられないでもないけど」

「でも、そうだとしても警察でも捜査の範囲外だった木村という人間の存在を、どうして知ることができたんだろう?」

新太郎が疑問を呈した。

「個人の力じゃ見つけることなんかできないと思うけどなあ」

「そうよねえ。なぜなんだろう?」

景子は考え込む。新太郎も沈思黙考していたが、やがて口を開いた。

「……一番わかりやすいのは、木村が女性たちを殺すところを見ていた。だから彼が犯人だってことを知っていた、ということだろうね」

「知っていたのに警察に通報せずに、自分で木村を殺したってわけ?」

「そう。被害者たちの家族、あるいは恋人とかの中に犯人がいるかもしれない。そのひとが木村の住んでいるところを突き止めて……待てよ」

「どうかした?」

「木村は寝室で死んでたんだよね」

「ええ」

「マンションの中に争った形跡はあった?」

「ほとんどなかったわ。でもそれが……あ」

景子も気付いた。

「おかしいわね」

「うん、おかしいよ。被害者の関係者が犯人だったとして、どうして木村は寝室で死んでいたのか」

「見ず知らずの人間が訪ねてきたとしても、わざわざ寝室に招き入れたりしないわね。玄関先で争って寝室に逃げ込んだ木村を殺したんだとしても、何らかの痕跡は残っていたはずよ。でも、そんなものもない」

「なんか、こんがらがってきちゃったなあ」

新太郎は頭を掻《か》いた。

「何かまだ、重要な情報が足りないんだと思う。それを見つけないと」

「情報ねえ……そうだ、ひとつ言い忘れてることがあったわ。もしかしたら、彼の言っていたことは本当だったかも」

「彼？」

「四人目の犠牲者になった八沢好美の恋人だった野木拓二《のぎたくじ》ってひと。同じ学校の教師なんだけどね。その野木の話によると、ここ最近好美の近辺を探っている人間がいたらしいの。帰宅のときに跡をつけられたり、郵便物が荒らされたりってことが何度かあったんだって。好美から相談されて、不気味だから警察に相談に行こうかって話をしていた矢先に、彼女が殺されてしまったんだけど、野木は犯人が前々から好美に眼を付けて調べまわってたんじゃないかって言うの。もしも彼の言うとおりなら、それも木村英信の仕業なのかもしれないわ」

「他の被害者にも、そんなことあったの？　誰かに調べられているみたいだったとか」

「それは今のところないみたい。好美だけがそうだったから、警察としてはあまり重要視していない情報だったんだけどね。あ、好美だけと言えばもうひとつ。木村が奪って簞笥に入れていた被害者のネックレスやペンダントだけど、好美のものだけが見つからなかったの」

「へえ。どんなもの？」

「七宝のペンダントなんだって。蓋が開くようになってて、中に野木の写真が入ってたそうよ。同じようなものを野木も持ってて、彼のペンダントには好美の写真が入ってるんだって」

「写真かあ。どうしてそれだけが……」

新太郎の言葉が途切れた。

「どうしたの？」

景子が問いかけても答えない。宙を見つめて、何か考えている様子だった。やがて、彼は呟く。

「……そういうこと、なのか」

「どういうこと？」

「いや、まだ憶測っていうか、思いつきに過ぎないんだけど」

「言ってよ。新太郎君の意見なら百パーセント受け入れるから」

「じゃあ言うけど、安全のために身辺警護をしてほしいんだ」

「新太郎君の？」

「いやいや、僕は関係ないよ。警護が必要なのは野木さん」

「野木拓二に？　どうして？」

当惑気味に問う景子に、新太郎は言った。

「僕の想像が正しかったら、最悪の場合、次は彼が狙われるかもしれない」

4

恋人の葬儀の後も、野木拓二は勤め先の高校を休むことなく教師の仕事を続けていた。彼と八沢好美の関係は誰もが知っていたことなので、周囲には同情や好奇心や猜疑《さいぎ》の声が飛び交っていたが、野木は特に感情的になることもなく、淡々と職務をこなしていた。その態度がまた周囲に新たな噂と憶測を招いていた。

野木は好美の死を知って以来、すべての感情と外部からの刺激をシャットアウトしているのだった。何もかも本当のことだとは信じられず、受け入れることもできない。だから受け入れまいとしていたのだ。

奇妙な静けさが彼の周囲を取り巻いていた。まるで世界と自分との間が透明で強固な隔壁に仕切られているかのようだった。

この隔壁が自分を守ってくれている。だから何も考えず、何も言わず、何も悲しまない。そう、悲しまなければ悲しみは襲ってこない。

野木は自分自身を世界から隔離していた。そうすることで、かろうじて自分を保つことができていたのだった。

夕刻、学校を出るとどこにも寄ることなく帰宅した。２ＤＫの古く狭いアパートの一室が彼の住処だ。将来好美と結婚することになったら、引き払うつもりでいた。今は引っ越しすることなど考えもしない。

着替えをし、ソファに腰を下ろすと、そのまま動かなくなった。テレビをつける気にもなれない。食事もしなければならないが、自分に食欲があるのかどうかもわからなかった。このまますべての感情を失って人形のようになって、最後には死ぬのかもしれない。それでもいいと思った。

いっそ、何もかも無になってくれればいいのに。

インターフォンが鳴るのを聞いたときも、すぐには立ち上がらなかった。どこかよその部屋で鳴っているような気がしたからだ。それが自分の部屋のものだと気付き、やっと腰を上げた。

ドアを開けると見知らない男が立っていた。痩《や》せた男だった。

「あんた、野木拓二？」

男が言った。

「はい」

宅配の配達員かと思ったが、服装が違っている。野木は尋ねた。

「どなた？」

すると男は、当たり前のような口調で言った。

「俺、好美の恋人」

「……え？」

「好美の、本当の恋人。そのことをあんたに教えにきた」

「……意味がわからないんだけど」

「やっぱりか」

男は顰めっ面になって、

「あんたみたいな男が好美と付き合ってるとか、そういう話になってるのが我慢できないんだよ。あいつは俺のものなのに。俺が、仇《かたき》を討ってやったのに」

「仇……」

「俺があの男をやっつけた。別に褒めてもらわなくてもいい。あんたのためにやったんじゃない。好美のためだ。あんたは好美が死んだっていうのに、のほほんとしてるだけだもんな。そういうのって許せないんだよ」

男はそう言うと、靴のまま上がり込んだ。

「ちょっと……」

言いかけたとき、鼻先に光るものが突きつけられた。

ナイフだった。

その輝きを眼にした瞬間、それまで野木を包んでいたはずの隔壁が一気に崩れ去った。現実が、圧倒的な力で押し寄せてきた。野木は思わず後退《あとずさ》った。

「俺、決めたんだ。好美を不幸にした奴、殺してやるって。あの男と、それからあんたもだ」

男は迫ってくる。その視線は冷たかった。

殺されるのか。野木は不意に悟った。これから自分は殺されるのだ。そうとわかった瞬間、体が震えた。先程まで死んでもいいと思っていたのに、いざ死が間近に迫ってきたとたん、心も体もそれを拒絶しようとした。

「やめて、くれ……」

後退りながら野木は言った。

「僕は、何も……」

「言い訳するな」

男はナイフを振り上げた。

「好美のために、死ね」

駄目だ。殺される。野木は眼を閉じた。

次の瞬間、大きな音がした。叫び声と、何かが倒れる音。

眼を開ける。男が何者かに組み伏せられていた。

男の腕を捩《ね》じり上げてナイフを取り上げたのは、女性だった。

彼女の後ろに数人の男たちがいた。女性は男を立たせると、彼らに引き渡した。

「あのひとは……」

野木が問いかけると、女性が答えた。

「木村英信を殺害した犯人です。そして八沢好美さんのストーカーでもありました」

「ストーカー……」

「好美さんを尾行し近辺を探っていたのは、あの男だったんです。そして尾行の最中に好美さんが木村に殺されるところを目撃した。それで復讐のために木村を殺した。あいつなら木村の部屋に招き入れられてもおかしくはない。まさか木村も、あの男に殺されるとは思っていなかったんでしょう。そして殺害後に好美さんのペンダントを手に入れ、中に入っている写真から彼女の恋人があなたであることを知った」

「あの男が……でも、どうして僕を殺そうなんて……」

「好美さんを完全に自分のものにするには、あなたの存在が邪魔だったんです。すでにひとり殺しているあの男にとって、もうひとり殺すのも同じことだったでしょう」

「そんな……」

「でも、もう大丈夫です。お騒がせしました」

そう言うと、女性は出ていこうとする。野木は思わず声をかけた。

「あ、あの、あなたは？」

「ああ、申し遅れました。愛知県警捜査一課の京堂と言います」

「京堂さん……それで、あの男は？　僕を襲ったあの男は何者なんですか」

野木の問いかけに、京堂と名乗った女性は言った。

「彼の名前は……名塚繁と言います。木村英信の店の従業員です」

三品目——連続殺人の童謡仕立て

1

そのマンションの名前は「カーサ・ドマーニ本陣《ほんじん》」といった。

たしかカーサというのはイタリア語で家、ドマーニは明日という意味だったな、と生田《いくた》は思った。そして本陣とは江戸時代、大名などの偉い人が宿泊した宿屋のことだ。つまりカーサ・ドマーニ本陣とは「お偉いさんが明日泊まる家」ということなのだろうか。なんとも仰々《ぎょうぎょう》しい名前を——。

「生田」

絶対零度に冷やされた刃のような一声に、彼の取り止めのない夢想は粉微塵《こなみじん》にされた。

「あ、はい！」

思わず背筋が伸びる。

「ぼんやり突っ立ってないで、早く入れ」

「は、はいっ」

直立不動の体勢でゲートをくぐり、マンションの入口を抜ける。ちらり、と後ろを見ると、彼に声をかけてきた主はすぐ近くに立っていた。

「現場は何号室だ?」

悪い声ではない。声優やアナウンサーのような聞き取りやすい声音だった。ただスパルタの軍隊をも萎縮させないではおかない威圧感と、リオのカーニバルでさえ一瞬のうちに鎮静化させかねない冷徹さが、その声にはあった。

「三階の、三一一号室です」

それだけの返答をするのにも超人的な度胸と胆力を必要とした。声の主――京堂景子《きょうどうけいこ》警部補の下で働くようになって久しい彼でさえ、そうなのだ。初めて彼女に接したであろう中村署の面々の中には、心臓のあたりを押さえて苦しげな表情を浮かべる者さえいた。

当の本人は周囲にブラックホールのような影響を与えていることなど頓着する様子もなく、エレベーターに乗り込んだ。

「ずいぶんボロいアパートだわな」

一緒に乗った間宮《まみや》警部補が、のほほんとした口調で言った。京堂警部補と一緒に仕事をして平常心でいられる人間は、彼くらいのものだった。さすが年の功というべきか、あるいは人並みはずれて鈍感なのか、生田にはいまだによくわからなかった。

三階でエレベーターを下り三一一号室へと向かう。ルームナンバーを確認しなくても、開きっぱなしにされたドアから制服姿の男女が出入りしているので、すぐにわかった。鑑識の人間だ。

「もう、いいですか」

生田が尋ねると、年嵩《としかさ》の鑑識員が直立不動になって、

「はい、どうぞ」

と言った。もちろん生田にではなく、その後ろにいる京堂警部補に礼を尽くしたのだ。

生田、京堂、間宮の順に現場に入った。中村署の刑事たちもそれに続く。

3LDKの部屋だった。クリーム色の壁紙はいささか黒ずんでいたが、片付けはそれなりにされているようだ。玄関を上がった左右に洋室があり、廊下を進んだ突き当たりにリビングダイニングとキッチン、その隣に六畳の和室がある。

女性の遺体はリビングのソファに横たわっていた。向かって左の肘掛けに頭を乗せ、反対側の肘掛けに足首を置いた格好で仰向けに横たわっている。

髪をショートにカットしていた。ワインレッドの長袖シャツにグレイのクロップドパンツというカジュアルな格好で、足の爪にも手とおなじ赤のマニキュアを塗っていた。

眼を見開いている。口は半開きになり舌が覗いていた。整った顔立ちが恐怖と苦痛に歪んで醜くなっている。細い首には索条痕《さくじょうこん》がくっきりと刻まれていた。

そして、頬には日の丸のような赤い紅が塗りたくられていた。

生田は思わず奥歯を嚙みしめた。職業柄他殺死体は何度も見ている。それなりに耐性もできたと思っていた。しかし一方的にせよ自分の知っている人物が殺されたとなると、冷静ではい

られなかった。

それにしても、あの頬の紅は……。

「被害者は仙洞美咲《せんどうみさき》二十八歳、この部屋の住人に間違いありません」

先に来ていた中村署の刑事が報告した。

「本日五月十六日の午後六時半頃、同居している玉利鈴臣《たまりすずおみ》という男性が帰宅して遺体を発見、一一〇番通報しました」

「同居ってことは、愛人かね？」

間宮が尋ねる。

「そのようです。玉利は被害者とは結婚するつもりだったと言っていますが」

「婚前交際か。ま、最近じゃ珍しくもないがよ。それにしても、あのおてもやんみたいなほっぺたは何だ？　最近はああいうメイクが流行《はや》っとるのかね？」

「いや、それは……」

てきぱきと説明していた刑事が急に口籠《くちご》もる。そして黙っている京堂警部補に、ちらりと視線を向けた。彼女に叱咤されると思ったのかもしれない。

京堂警部補は無言のまま遺体に近付くと、赤い頬をまじまじと見つめた。

「……頬紅じゃない。口紅が塗られている」

そして鑑識員に向かって、

「この部屋に口紅はなかったか」

「ありました」

即答があった。鑑識員のひとりがビニール袋に入った黒い筒のようなものを差し出す。京堂警部補はそれを袋のまま受け取り、キャップを取った。真っ赤な口紅が顔を覗かせる。

「これを塗ったようだな」

口紅の先端は平たく削れていた。

「犯人の仕業かね？」

間宮の問いかけに、

「そう考えるのが妥当でしょう。理由はわかりませんが」

京堂警部補は答えた。

頬の紅……頬が真っ赤……まさか。

生田は自分の思いつきに思わず身震いした。

「生田、どうした？」

すかさず京堂警部補の言葉が飛ぶ。

「いえ……その……」

「はっきり言え」

「それが……同じなんです。姫崎《ひめさき》アヤカのときと」

「たしかに姫崎のときも悪戯《いたずら》書きされとったがよ。それが――」

言いかける間宮を視線で制し、京堂警部補は生田に向かって訊《き》いた。

「もしかして、二番か」

「……はい」

「歌ってみろ」

生田は思わず周囲を見回した。刑事、鑑識員、制服警官、多くの人間が彼を見つめている。しかもここは殺人の現場だ。そんな場所で歌を歌うというのは……。

「早くしろ」

京堂警部補の冷たい一言が、彼の躊躇《ちゅうちょ》を吹き飛ばした。生田は呼吸を整え、声を発した。

ジャンプしよう
ぶん　だ　だん
ほっぺをまっかに　そめあげて
ぶん　だ　だん

2

サワラは片栗粉をまぶしてフライパンで焦げ目を付けた後、タマネギやトマトと一緒に白ワインと水で煮込んで最後にカレー粉で風味を付けた。アスパラガスは同じ長さにたんざく切りしたニンジンと茹で、練りゴマとポン酢を合わせたドレッシングをかけた。それに常備菜として作り置きしておいたヒヨコ豆のピクルスとキノコのオイル漬けをテーブルに並べる。

「お待ちどおさま。できたよ」

新太郎《しんたろう》は器を全部並べ終えると、ソファでぐったりとしている妻に声をかけた。

「やっほーい」

景子は飛び起きてテーブルに着く。

「わお、今日も美味《おい》しそうね。いただきます」

箸を手に取ると、彼女は夫の手料理を早速攻略しはじめた。

「今日も遅かったね」

壁掛け時計は午前零時十分過ぎを差している。

「面倒な事件が起きちゃったせいでね」

忙しく箸を動かしながら、景子は言った。

「ほんとはこんな夜遅くに食事しちゃ駄目なのよねえ。美容にも健康にも悪いってわかってるんだけど、仕事だからしかたないのよねえ」

「もう少し軽い料理のほうがよかった?」

「ううん、とんでもない。新太郎君の手料理なら寿命も延びるってもんよ。ああ美味しい。この魚、とっても美味しいわ」

たちまちのうちに料理は消えた。頃合いを見計らって新太郎は自分と妻の湯飲みに焙《ほう》じ茶を注ぐ。香ばしい湯気が立ち上った。

「ごちそうさまでした」

食べ終えた景子は焙じ茶を啜《すす》り、ほっと息をついた。

「ほんと、我が家での一息のために生きてるようなもんよね。浮世の憂さも吹っ飛ぶわ」

「お風呂も沸いてるから、入ってきたら」

「そうねえ……」

頷きながら、景子は上目づかいに夫を見た。

「その前に、ちょっとだけ話を聞いてくれないかしら」

「今度の事件のこと？」

「そうそう。新太郎君に話すとわたしの頭の中がすっきり整理されて仕事がしやすくなるのよ。あ、別に私の話を聞いて犯人がわかったら、遠慮なく教えてくれてもいいけど」

「それが目当てでしょ」

新太郎は笑った。

「そういつもいつも都合よく僕に犯人がわかると思わないでよ。別に名探偵でも何でもないんだから」

「名探偵よお。ホームズも裸足《はだし》で逃げ出すくらいの名探偵。金田一耕助だってシャッポを脱ぐわよ」

「形容の仕方がちょっと時代がかってるけど。シャッポなんて今、言わないよ」

「気にしない気にしない。とにかくわたしの話を聞いて。ね？」

と、景子は軽く握った両拳を顎に当てがい、小首を傾《かし》げて笑みを作った。もしもこの場に生田や間宮が居合わせたとしたら、その場で自我が崩壊するかもしれない。愛知県警の鉄《アイアン・》女《レディー》、あるいは氷の女、あるいはカミソリ女といくつもの異名を持つ京堂景子警部補が、まさかそんな愛らしい仕種《しぐさ》を見せることがあるとは信じられないだろう。もちろん景子にしても、職場の同僚たちにそんな姿を見せる気など毛頭ないのだが。

「わかったよ。わかった」

新太郎も降参した。

「じゃ、スコッチでも飲みながら腰を据えて話を聞きましょうか」

ふたつのロックグラスに氷を入れ、そこにマッカランを注いで妻と自分の前に置いた。つまみは手製のスモークチーズをスライスして。

「今度は連続殺人だって？」

「そうなの。まさかこんな事件が現実に起きるとは思わなかったわ。まるでクリスティかヴァン・ダインの世界よ」

スコッチに口をつけると、景子は話しはじめた。

「最初の事件は前にもちょっと話したと思うけど、あらためてもう一度話すわね。五月三日の夜九時過ぎに一一〇番通報されたの。場所は千種《ちくさ》区末盛通《すえもりどおり》、地下鉄本山《もとやま》駅近くの賃貸マンションの二階、被害者はそこに住む姫崎アヤカ二十九歳。名古屋ローカルのテレビ番組に出ているタレントだそうよ」

「名古屋ではそれなりに顔を知られてるよ。夕方の番組でレポーターとかやってたし」

「わたしは知らなかったんだけど、そうみたいね。で、発見者はアヤカのマネージャーをやっている勘田勉《かんだつとむ》三十三歳。番組収録のために彼女を迎えにきて、インターフォンを押したけど返事がなくて、でも玄関のドアが開いていたので不審に思って部屋に入ってみると、リビングの床に倒れているアヤカを発見したというのが本人の話なの。すぐに機捜と所轄署が動いて、その後わたしたちも呼ばれたわ。

検視によると死因は頸部《けいぶ》圧迫による窒息。喉に明らかな索条痕が残っていたわ。ご丁寧に二回も絞めたみたい。凶器は近くに落ちていた延長コード。死亡推定時刻は、その日の午後三時から五時の間。当日アヤカは夜の仕事があるまでオフだったそうで、その間の彼女の行動は今のところ不明なの。リビングのテーブルに何枚かの色紙とサインペンがあったんだけど、これはテレビ局の企画でプレゼント用に用意したサイン色紙で、途中まで書いてあったわ。何色かのペンを使って、結構派手派手しくね」

景子の話を新太郎は時折グラスを傾けながら聞いていた。妻が話しやすいように頷きながら、しかし言葉は挟まない。

「まあ、こういうことだけなら平凡な——殺人事件に平凡なんて言ったらいけないかもしれないけど——ありきたりな事件なのよ。でもひとつだけ、この事件には奇妙なところがあったの」

「手のことだね」

「そう。被害者の両掌にサインペンで落書きがされていたのよ。右手には真っ赤な丸とその周囲に放射状の線が何本か。左手には黄色い三日月みたいなマークが」

「右手に太陽、左手に月、か」

「新太郎君もその歌、知ってたのよね」

「ああ、子供の頃によく聴いたからね」

そう言うと、新太郎は口ずさんだ。

ジャンプしよう
ぶん　だ　だん
みぎてにたいよう　ひだりてにつき
ぶん　だ　だん

「わたしは知らなかったわ、その歌」

「名古屋の人間しか知らないだろうね。それもある年代だけ限定で」

「『うたおう！』ってテレビ番組だっけ？」

「そうそう。名古屋のテレビ局が十五年くらい前まで制作していた子供向け番組だよ。タローお兄さんとマスコットのシャッチマンが司会してた。シャッチマンってのが名古屋市交通局のマスコットやってるハッチーによく似たゆるキャラでさ……いや、それはいいんだけど。とにかくその番組で毎月新しい歌が紹介されてたんだ。その中の一曲が『ジャンプ』って歌。歌ってたのはタローお兄さんとラッキーズって三人組の女の子だった。番組から生まれた曲の中でも結構有名で、CD化もされたんだ。名古屋ローカルだけど結構ヒットしたよ。じつは僕もCD持ってたし」

「新太郎君も？」

「当時は小学生だったけど三人組の女の子が結構可愛くてさ。名前はたしかスミレとミサキと、それからアヤカ」

「殺された姫崎アヤカね」

「リポーターでテレビに出てきたとき、すぐにわかったよ。あのアヤカちゃんだって」

「新太郎君の口からアヤカちゃんなんて聞くと、ちょっと妬《や》けるわね」

「テレビのタレントとファンでしかないんだよ。しかも子供の頃の」

「わかってるって。とにかく殺されていた姫崎アヤカの右手には太陽、左手には月の絵が描かれていたわけよ。『ジャンプ』って童謡のことは一緒に現場にいた生田が気付いて教えてくれたわ。彼も子供の頃『うたおう！』を観てたんだって」

「右手に太陽、左手に月」

新太郎は歌詞を繰り返す。

「つまり、見立て殺人？」

「わたしたちは最初、そうは思わなかったわ。ミステリにはよくある手だけど、あまり現実的じゃないもの。だから被害者のアヤカが自分で描いたのかと思ったんだけど……」

「そうじゃないの？」

「違うと思う」

「理由は？」

「太陽と月を描くのに使われたのは現場にあった赤と黄色のサインペンなんだけど、どちらからも誰の指紋も検出されなかったの」

「なるほどね」

納得したように新太郎は頷く。

「もしもアヤカが描いたのなら指紋が残らないはずがない。それがなかったとすると、誰かが拭き取ったわけだ。つまり……」

「描いたのは犯人、ということね」

「首を絞めて殺してから、わざわざ描いたのか……ますます見立て殺人っぽいね」

「そうだとしても、意味がわからないわよ。どうして歌詞に合わせた落書きなんかしたのか」

「そうだね……で、容疑者は見つかったの？」

「一番最初に疑われたのは、アヤカの元夫。名前は清田《きよた》太郎《たろう》四十歳」

「タローお兄さんかあ」

「そう、アヤカと一緒にテレビに出演してた男よ。八年前に結婚したんだって」

「知らなかったなあ。タローお兄さんとアヤカちゃんが結婚したなんて」

「でも三年前に離婚してるわ。理由は清田が甲斐性なしだったから。『うたおう！』が終わってから清田もタレントとしてラジオのDJやったりCMソング歌ったりしてたみたいなんだけど、酒癖が悪い上にギャンブル好きで、いろいろとトラブルを起こして仕事を干されちゃったんだって。それでアヤカのほうが愛想を尽かしたみたい」

「子供たちの夢を壊すような話だね」

「しかも清田のほうはアヤカに未練たっぷりで、何度か復縁を迫ったそうよ。自宅や仕事先に押しかけてきて悶着を起こしてたって。一度アヤカが警察を呼んで騒ぎになったこともあるみたい」

「なんだかなあ。それでアヤカちゃん……いや、アヤカが殺された時刻の清田のアリバイは？」

「五月三日の午後三時から五時の間は、自分のアパートで酒を飲んで寝てたって。もちろんそれを証明できる人間はいないわ」

景子はマッカランで舌を湿して、

「でも容疑者は他にもいるの。アヤカの姉の光沢《みつざわ》ヒカリ三十三歳。ふたりの父親が半年前に亡くなったんだけど、その遺産相続で姉妹が揉めてたそうよ。ヒカリが『妹を殺さないと気が済まない』とか喚《わめ》いてるのを近所の人間が聞いてるわ」

「そいつは穏やかじゃないね」

「でも彼女には確固としたアリバイがあるのよ。五月一日から五日まで家族で北海道に旅行に行ってるの。五月三日は釧路《くしろ》にいたって」

「それって何かのアリバイトリックを使えば名古屋との往復が可能とか、そういうことはないの？」

「難しいと思うけどね。彼女がホンボシと決めつけられる事情があれば、新太郎君にトリックを暴いてもらってもいいけど」

「僕、時刻表トリックは得意じゃないんだけどなあ」

新太郎は苦笑する。

「それで、アヤカ殺害の容疑者は、このふたり？」

「あとひとり、マネージャーの勘田も入れるべきだって意見が捜査会議で出たわ。理由は第一発見者だからってことなんだけど」

「動機はあるの？」

「今のところ、それらしいものは見つかってないわ。まあアヤカが結構わがままな性格だったらしくて勘田も何度か泣かされるようなことがあったって情報は入っているけど、その程度ね。三ヶ月前に彼女のマネージャーになったばかりで、アヤカがラッキーズの一員だったってことも知らなくて、そのことでアヤカの機嫌を損ねたりもしてたみたい。ちなみにアヤカの部屋を訪れて遺体を発見するまで、勘田は事務所に休日出勤して、ひとりでデスクワークをしてたんですって。アリバイとしては弱いわね」

そこまで言ってから、景子は残りのスコッチを飲み干す。

「でもね、今日の事件でそれまでの捜査が完全に御破算になったわ。事はアヤカひとりの問題じゃなくなってしまったから」

「仙洞美咲の事件だね。彼女もラッキーズのひとりだ」

「そう、一緒に『ジャンプ』を歌ってたミサキが彼女ね。今日、住んでいたマンションで殺されているのを同棲相手が発見して、通報してきたの」

「ミサキも絞殺？」

「アヤカと手口は同じね。しかも頰に口紅で真っ赤な丸が描いてあったわ。間宮さん曰く『おてもやんみたい』だって」

「ほっぺをまっかに　そめあげて、か……」

新太郎は歌の一節を口ずさんだ。

「たしかに『ジャンプ』の歌になぞらえたみたいだね」

「連続殺人、しかも童謡仕立て。わたしがクリスティかヴァン・ダインの世界って言った意味、わかるでしょ」

「『そして誰もいなくなった』とか『僧正殺人事件』だね。横溝正史《よこみぞせいし》の『悪魔の手毬唄』なんかもそうだな。新しいところだと綾辻行人《あやつじゆきと》の『霧越邸《きりごえてい》殺人事件』も」

「ミステリ講義はいいの。とにかく美咲が殺されたことによって事件の様相はがらっと変わってしまったわ。犯人はアヤカと美咲のふたりを殺す動機を持った者ってことになるのよ」

「そんな人間、いるの？」

「今のところは不明。アヤカと美咲は同じ芸能事務所に所属していて、美咲はＣＭタレントとかをしてたそうよ。でもふたりはそんなに親しくしていなかったみたい。『うたおう!』が終わってラッキーズが解散してから、ほとんど没交渉だったようね」

「てことは、もしふたりに同じく殺害動機を持っている者がいるとしたら、それはラッキーズ時代まで遡《さかのぼ》るってことか。でも十五年も前のことを今になって……どうかなあ」

新太郎は首を傾げる。

「その頃は、ふたりとも子供だったんだしね。殺されるほどの恨みを買うとも思えないわ」

「そうだよなあ……」

そのとき、景子の携帯電話が着信音を鳴らしはじめた。

景子はテーブルに置いてあった電話を手に取り、開いた。

「……生田からだわ。今頃何だろ?」

呟きながら耳に当てる。次に発した声は、すでに夫に対するときのものではなく、県警捜査一課の鉄《アイアン・レディー》女のものだった。

「どうした? ……ああ……掲示板? どういうことだ? ……本当か……どうすれば読める? ……ちょっと待て」

景子は携帯電話を耳から離し、通話口に手を当てると、

「何か書くもの」

と夫に言った。新太郎は素早く電話台に行きメモとボールペンを取って妻に手渡した。

「OK、言ってくれ……H、T、T、P、コロン……コロンって何だ? ……点がふたつ?

どういう点だ？　……面倒だな。まだ長いのか。だったらファックスで送ってくれ……そうだ、頼む」

電話を切った景子は難しそうな顔をしていた。

「どうしたの？」

「生田がインターネットで気になる書き込みを見つけたんだって」

「ネットで？　掲示板とか言ってたのは、ネットの掲示板？」

「そう、今アドレスをファックスで送ってきてくれるから――」

話しているうちにファックスが動き出した。

「早いわね」

排出された用紙を引き抜くと、景子は夫に示した。

「このアドレスの掲示板、今すぐ見たいんだけど」

新太郎は用紙を受け取ると、

「じゃあ、僕の部屋へ行こう」

京堂家に唯一置かれているパソコンは、新太郎の仕事部屋にあった。

新太郎はパソコンを立ち上げるとブラウザを開き、ファックスに書かれているURLを打ち込んだ。

「……これだな」

有名な巨大掲示板だった。その無数にあるカテゴリの中の「懐かしのテレビ番組」という中のひとつが当のページだった。

「ほう、『うたおう!』のスレが立ってたんだ」

「スレ?」

「スレッドのこと。掲示板のひとつの流れだね。ここは『うたおう!』のことをみんなが書き込んでるスレってわけ。どれどれ……」

新太郎は画面をスクロールさせていった。いくつもの発言が立て続けに表示される。

「……最初から読んでたら面倒か。最新の発言から遡ろう……ああ、もうミサキの死について書き込まれてるね」

「夕刊や夜のニュースで流れてるはずだものね。それで、なんて書いてある?」

景子は夫の背後からディスプレイを覗き込んだ。「犯人降臨!」とか「本物かよ!?」という文字が確認できる。

「……まさか」

新太郎の顔色が変わった。

「どうしたの?」

「掲示板に今度の事件の犯人が書き込みをしてるって」

「ほんと? どこに?」

「ちょっと待って。探してみる」

新太郎はマウスをクリックする。表示画面が次々と変わり、その度に彼は文字を確認していく。

「……これだ」

新太郎がマウスのポインタで指し示した。

　復讐王　投稿日：20**年 5 月16日16時55分46秒

　今、二人目ミサキ殺してきたよ。ほっぺをまっかにそめあげて、ね。

「今日の午後四時五十五分に投稿されてる」

新太郎が言った。

「ミサキは何時頃に殺されたのかわかってる？」

「死亡推定時刻は今日の十四時から十六時の間だそうよ」

「時間的には合うか」

「同棲していた玉利鈴臣が遺体を発見して警察に通報したのが十八時半頃。もちろんそれまで誰も美咲が殺されたことを知らなかったはずよ。犯人を除けばね」

「この書き込みをしたのが本当の犯人である可能性は高いな」

「なんて大胆な奴なのかしら」

景子は憤《いきどお》っている。新太郎は黙ってマウスをクリックしていたが、

「ざっと見たところ、この〝復讐王〟ってハンドルの人間が書き込みしたのって、これだけみ

たいだ。少なくともこのスレには、他に書き込みはないね」

「誰が書き込みしたか、特定できる？」

「それは警察の得意分野でしょ。掲示板の運営会社に依頼すれば、ＩＰアドレスから辿ること
ができるはずだよ」

「ああ、そういうことね。早速連絡させるわ」

景子は自分の携帯電話から県警に電話を入れた。

妻が電話で指示を出している間、新太郎はディスプレイを見つめて考えごとをしていた。

「すぐに手続きしてくれるそうよ」

電話を切った景子が言う。

「そうか。できるだけ早くしたほうがいいかもね」

新太郎は応じた。

「どうして？」

「いや、思い過ごしかもしれないんだけどさ」

「何が？」

「ラッキーズは、あとひとり、いるってこと」

新太郎は景子を見つめる。

「そして、『ジャンプ』という歌には三番もあるってことだよ」

3

ジャンプしよう
ぶん　だ　だん
つばさのはえた　くつはいて
ぶん　だ　だん

歌い終わった後、生田は周囲を見回した。

皆、むっつりと黙り込んでいる。

ひどく場違いなことをしてしまったような気になって、彼はおずおずと席に着いた。

「どういう意味なんだ?」

苦々しげな表情で口を開いたのは、捜査一課長だった。

「翼の生えた靴?　そんなものがどこにある?」

「現実的とは思えませんな」

中村署の刑事課長が言った。

「童謡の歌詞になぞらえた連続殺人などと、そんな」

「しかし、起きていることは事実ですよ」

そう言ったのは千種署の刑事課長だった。

「おたくの事件とうちの事件、どちらも歌のとおりに人が殺されている。もうひとつ事件が起きたとしても不思議じゃない」

「それはたしかにそうだが、こんなことがあっていいはずがない」

中村署の刑事課長は不機嫌そうに首を振った。

警察が扱う事件はいつも、あっていいはずがないものばかりではないか、と生田は思う。しかし口に出して言うことはできなかった。かわりに隣に座っている京堂景子警部補に視線を向けた。

京堂警部補は何も言わず、真っ直ぐに前を見ていた。

今、県警の会議室にいるのは、この五人だけだった。今回の連続殺人事件について通常の捜査会議とは別に所轄署と県警の実務者トップが集まり、今後の捜査方針について協議する場が設けられた。そこに呼ばれたのが京堂警部補と生田だった。

「京堂君、君の意見はどうかね？」

捜査一課長が尋ねた。その声音に若干おもねるような色合いが感じられたのは、生田の気のせいではなかった。キャリアの花形街道を歩いている課長にとって、京堂警部補は鬼門だったのだ。彼女の機嫌を損ねたら出世道中に支障が出るばかりか、下手をすると破滅を招きかねない。

そのことは中村署千種署の両刑事課長も承知しているようだった。ふたりとも目下の者に対していいるとは思えない表情で彼女を見ている。愛知県警における京堂警部補の立場は、特別なものなのだ。

「今のところ、犯人の意図はわかっていません」

京堂警部補は凜とした声で発言した。

「それでも本陣の事件と本山の事件を一連のものとして捜査すべきだと考えています。そして犯人の意図がわからない以上、最善の体制で臨《のぞ》むべきだとも。

姫崎アヤカ、仙洞美咲の両名がラッキーズというグループのメンバーであり、彼女たちの歌の歌詞になぞらえて殺害されたと見られる状況において、メンバーがまだひとり存在しており、そして歌には三番もあるということは充分に考慮すべき点です」

「もうひとりも、殺されるというのかね？」

捜査一課長が訊いた。

「可能性は否定できません」

「その、残るひとりというのは？」

「殿村菫《とのむらすみれ》。旧姓塚原《つかはら》。二十九歳。現在は結婚して名古屋市天白《てんぱく》区島田《しまだ》に住んでいます」

「天白区か。わかった。天白署に連絡して殿村菫の家を重点的に見回るよう伝えよう」

その場で電話に手を伸ばし、捜査一課長は天白署に連絡を入れた。有能さと迅速さをアピールするパフォーマンスとも受け取れる対応だった。

電話を終えた後で彼は言った。

「ところでインターネットの掲示板に書き込みをした人間の特定は、できなかったんだな」

「はい、IPアドレスを辿ったところ、中区にあるビジネスホテルのフロアに設置されていたパソコンから投稿されていたことがわかりました」

「そのホテルの宿泊客が犯人か」

「当該日に宿泊していた者はリストアップして調査しています。しかしパソコンはフロントからは見えにくい場所に設置されていたので、外部の者が宿泊客を装って使用したとしてもわからないそうです」

「つまり宿泊客以外の可能性もあると?」

「犯人に多少なりとインターネットの知識があったとしたら、用心のためにIPアドレスから足が付くようなことはしないと思います」

「……打つ手なしか」

捜査一課長は渋面を作る。

「そうとは限りません」

京堂警部補は言った。

「犯人がラッキーズ全員の殺害を目論んでいるとしたら、必ず殿村菫に接近するはずです。警備を厳重にしておけば、確保のチャンスはあります」

「危険な賭だな」

「しかし今のところ、それしか方法がありません。殿村菫の警護は特に厳重にお願いします」

「……わかった。天白署には重ねて伝えよう。しかし一体誰が、そのラッキーズというグループのメンバーを皆殺しにしようなどとしているのか。動機のほうから捜査することはできないのか」

「そちらも進めています。当時の番組スタッフやネット上でのファンの動きなども捜査中です。しかし今のところ、確たる成果はまだ――」

そのとき、ドアをノックする音がした。

「どうぞ」

捜査一課長が声をかけると、間宮警部補が顔を覗かせた。小脇にノートパソコンを抱えている。

「ああ、すみませんなあ。緊急の用事だもんで」

「何かありましたか」

京堂警部補が尋ねると、

「おお、例の復讐王とか名乗っとる奴、また掲示板に書き込みをしおったぞ」

「何ですって!?」

生田は思わず立ち上がった。

「何を今度は書いたんですか」

間宮は答える代わりに持ってきたノートパソコンをテーブルの上に置いた。

「これだわ」

京堂警部補も生田も、捜査一課長もふたりの刑事課長も同時にディスプレイを覗き込んだ。

復讐王　投稿日：20年5月17日14時22分39秒**
次は三人目スミレを殺すよ。昔、僕のファンレターを無視した報いだよ。警察乙。

「やっぱりやる気か」

京堂警部補が呟いた。静かな口調だったが、生田はその声を聞いて身震いを覚えた。彼女の内心の怒りをひしひしと感じてしまったのだ。

「生田、この書き込みのIPアドレスを辿らせろ」

「はい！」

生田は会議室を飛び出そうとドアに手を掛けた。と、彼が開くより先にドアが勢いよく開かれた。

「課長！」

入ってきたのは制服の警官だった。捜査一課長とふたりの刑事課長が一斉にそちらを向く。

「今、天白署から連絡が入りました。殿村菫という女性が何者かに襲われたそうです」

「何だと!?」

捜査一課長の声が裏返った。

「どこで？」

尋ねたのは京堂警部補だった。

「その女性の自宅だそうですが」

「課長、すぐに現場に向かいます」

「あ、ああ、行ってくれ」

捜査一課長は少々うろたえながら頷いた。

4

その日も景子の帰りは遅かった。

「お腹空《す》いてるけど、食欲がないの」

そういう妻に新太郎は、刺身用の鯛を薄く切って出来合のゴマだれに絡ませ、茶碗に盛った御飯の上に並べて熱い煎茶《せんちゃ》をかけたものを差し出した。

「ありがとう」

疲れた表情の景子は一口、鯛茶漬けを口に運んだ。次の瞬間、食欲が眼を覚ましたように一気に掻《か》き込みはじめる。

「慌てなくていいからさ」

言いながら新太郎は守口漬《もりぐちづけ》を盛った小皿をテーブルに置いた。景子はあっと言う間に茶漬けを平らげた。

「……あー、美味しかった。生き返ったわ。今日は立ち直れないと思ったけど、新太郎君のおかげで元気出た」

「そんなに大変だったの？」

「大変も何も、警察の面子《メンツ》が丸潰れになるところだったのよ。新太郎君の読みどおり、三人目が襲われちゃってさ」

「スミレちゃんが!?　ほんとに襲われたの？」

新太郎の表情が変わった。

「ええ、今日の午後五時過ぎに自宅で」

「そうか……スミレちゃんまで……それで、犯人は？」

「わからないまま。最初から話すとね、午後五時半頃に殿村菫――それが今の名前なの――の家から、いきなり侵入してきた男に殺されそうになったって通報があったの。それで近くの交番から警官が駆けつけたら菫が待ってて――」

「ちょっと待って」

珍しく新太郎が景子の話を遮った。

「スミレが待ってたって、つまり彼女は、殺されてないの？」

「そう、命に別状はなかったのよ。警官が聞いた話によると、三十分ほど前に家のインターフォンが鳴って『宅配便です』と言われてドアを開けたら、マスクとサングラスで顔を隠した男がいきなり玄関の中に入ってきて、ナイフを突きつけてきたんだって。菫はびっくりして逃げ出そうとしたところを捕まって揉み合いになったんだけど、なんとか男の持っていたナイフを取り上げたの。そしたら男は、慌てて逃げ出したそうよ」

「逃げ出した……」

「おかげで菫は命拾いをしたってわけ」

「スミレちゃんに怪我は？」

「揉み合ったときに手の甲を少し切ったみたいだけど、たいしたことはなかったわ。それでね、菫の家に到着した警官が周囲を見回ったら、玄関前にこんなものが落ちていたの」

景子は自分の携帯電話を取り出すと、撮影していた画像を表示させて夫に見せた。地面に転がっているスニーカーの写真だった。

「これ、よく見て。側面に飾りが付いてるでしょ」

「ああ、まるで鳥の羽根みたいな……あ」

「そうなの。『翼の生えた靴』なのよ。調べてみたら去年あるメーカーが売り出したものだったわ。おそらく犯人は菫を殺害した後で、このスニーカーを履かせるつもりだったのよ」

新太郎は妻の携帯電話を握りしめ、その画像を食い入るように見つめていた。

「後から到着したわたしたちも周辺をくまなく捜索したわ。でも、他に犯人の遺留品は見つからなかったの。菫が奪った凶器はありふれた果物ナイフで彼女の指紋以外検出されなかったし、翼の付いたスニーカーも新品で指紋はなかったの」

景子の話を聞いているのかどうか、新太郎は無言で携帯電話のディスプレイを見つめつづけている。

「それで例の掲示板だけど、二回目の書き込みがされていたわ。『三人目は失敗した。でもいつか殺してやる』って。二回目と三回目はそれぞれ違うインターネットカフェから書き込みされていたわ。身分証明の確認をしないで利用できる店を選んだみたい。しつこい上に用意周到な奴よ。とりあえず次の襲撃に備えて殿村菫の警護は怠らないようにしているけど……どうしたの？　そのスニーカーが気になるの？」

「そうじゃないんだ。スニーカーなんてもう、どうでもいい。僕は、とんでもない思い違いをしてた」

「思い違いって？」

「スミレはたぶん、大丈夫だ。もう襲われないと思う」

「どうして？」

「殺す必要がないからだよ。襲ったという事実だけあれば、それでいいはずなんだ」

「意味がわからないわ。新太郎君、ちゃんと説明してよ」

「するよ。その上で作戦会議だ」

新太郎は携帯電話を景子に返すと、言った。

「犯人を捕まえるための作戦を練ろう」

5

その集まりの会場には、県警内の一室が当てられた。設営を任された生田は、戸惑っていた。指示した京堂警部補が詳しいことを何も言わなかったからだ。

呼び出された人間は、すべて揃っていた。

姫崎アヤカのマネージャー、勘田勉。アヤカの元夫、清田太郎。アヤカの姉、光沢ヒカリ。仙洞美咲の同棲相手、玉利鈴臣。そして殿村董と、その夫。

誰もが生田と同様、自分がここに呼び出された理由がわからず、当惑しているようだった。

「刑事さん、話はいつ始まるんですか」

生田に問いかけてきたのは玉利鈴臣だった。

「夜勤があるんで、なるべく早く済ませてほしいんですけど」

「は、はい……」

自分でも歯切れの悪い返事だとわかっていながら、生田は明確なことを言えずにいた。同席している間宮警部補は知らん顔で窓の外の景色を眺めている。彼も何も知らされていないのだから、助け船など出せるはずもないのだった。

そのとき、ドアを開けて京堂警部補が入ってきた。生田は内心ほっとした。

「愛知県警捜査一課の京堂です」

その声には人々のざわつきを治めるだけの力があった。

「本日はお集まりいただきまして、ありがとうございます。姫崎アヤカさん並びに仙洞美咲さん殺害、そして殿村菫さん襲撃事件について、関係者の皆さんに説明をする必要がありましたので、このような場を設けました。まず結論から申し上げます」

京堂警部補は少し間を置いて、言った。

「犯人は、この中にいます」

声は起きなかった。しかし一同の中に衝撃が広がったことは、その表情を見れば明らかだった。

「探偵は、皆を集めて『さて』と言い、か」

いつの間にか隣に来ていた間宮警部補が呟くように言った。

京堂警部補が話を続ける。

「インターネットの掲示板で『復讐王』と名乗った犯人は自分が出したファンレターを無視したからという理由で姫崎アヤカさんと仙洞美咲さんを殺害したと告白しています。そして殿村菫さんも襲撃しましたが、殺害には至りませんでした。殿村さん、あなたを襲った犯人について、ここでお尋ねしたいのですが」

「あ、はい……」

殿村菫は頷いた。左手に巻かれている包帯が痛々しい。

「犯人の顔はわからないのですね?」

「はい、マスクとサングラスで顔を隠していましたから」

「宅配を装ってドアを開けさせ、いきなりナイフで襲ってきた。そうですね?」

「はい」

「揉み合っているうちに犯人のナイフを奪った。すると犯人は逃げ出した。間違いありませんか」

「そのとおりです」

「あなたは格闘技の経験がおありですか」

「え?」

「あるいは護身術を身に付けていますか」

「いえ……そういうことは……」

「ではなぜ、襲ってきた犯人のナイフを奪うことができたのでしょうか。犯人はあなたより非力な人間だったのですか」

「それは……わかりません。気が付いたら自分の手にナイフがあって……」

菫の声が、か細くなっていった。

「あなたの手にナイフが渡ったとたん、犯人が逃げ出したというのも不自然に思えます。どうでしょう?」

「………」

「あなたへの襲撃についての不自然さをどう解釈するべきか。わたしはひとつの答えを持っています。例えばそれが虚偽だったとしたら。本当はあなたは襲われてなどおらず、手の傷は自らが付け、ナイフもスニーカーもあなたが用意したのだとしたら」

「そんな……」

菫は顔色を失くした。

「どうして、わたしが……？」

「自分も被害者のひとりだと思わせるためです。そうすることによって、あなたは自分を容疑者から外すことができると考えた」

「容疑者？」

「もちろん、姫崎アヤカさんと仙洞美咲さん殺害の容疑者です」

「わたしが!?　わたしがアヤカやミサキを殺したというんですか。どうして？　わたしが彼女たちを殺す理由なんて……」

「ラッキーズ解散後もタレント活動を続けているふたりと違い、あなたは引退して家庭に入った。しかしそのことがあなたを屈折させたのかもしれない。本当はまだ芸能界にいたかったのに、今は平凡な主婦でしかない。それなのに、あのふたりは華やかな活動を続けている。それが我慢できなかった。違いますか」

「そんなことで……そんなことでわたしが人殺しなんか……ひどいわ……！」

菫は泣き崩れた。そんな妻を夫は、おろおろしながら見ていることしかできないようだった。

生田は京堂警部補と菫のやり取りを茫然としながら聞いていた。まさか、彼女が昔の仲間を殺害しただなんて。にわかには信じられないことだった。しかし、あの京堂警部補が言うのだから、間違いないのかもしれない。生田は気を取り直し、いつ京堂警部補から菫の確保を指示されてもいいように身構えた。

京堂警部補は泣き崩れる菫をじっと見つめていたが、あらためて他の人々に向き直った。

「お聞きのように、これが一連の事件の真相……と犯人が思わせたかったものです」

え？

生田は自分の耳を疑った。今、京堂警部補は何と言った？

「すべては殿村菫さんを犯人に仕立て上げるための企みだったのです。殿村さんは実際に襲われています。ただ凶器のナイフは彼女が取り上げたのではなく、どさくさにまぎれて犯人のほうが彼女に握らせた。そして襲撃が失敗したかのように装ったのです。このように不自然な状況を作ることで警察の疑惑を殿村さんに向けさせるために。

なぜ、そんなことをしたのか。もちろん自分に嫌疑がかからないようにするためです。その犯人の目的に気付けば、事件の様相は明らかに変わってきます。この一連の事件はラッキーズのメンバーを狙った連続殺人ではなく、ひとつの殺人をカモフラージュするための偽装だったのです。

そう、すべては姫崎アヤカさん殺害が発端でした。犯人は自分が疑われることはわかっていた。だから仙洞美咲さんを殺害し、ふたりを殺す動機を持つ者が犯人であると警察に思わせようとした。たったそれだけのために、さらに美咲さんを殺害したのです」

警部補の口調は静かだった。しかしそこには氷の刃にも似た冷たい怒りが籠《こ》もっている。生田は自分が犯人でもないのに、身震いした。

「犯人は」

京堂警部補はゆっくりと手を伸ばし、ひとりの人物を指差した。

「犯人は、おまえだ」

指差された人物は、怒りも喚きもしなかった。ただ口許に笑みを浮かべただけだった。

「どうして私が？　何の証拠が？」

「姫崎アヤカさん殺害の容疑者は、三人。そのうち姉の光沢ヒカリさんは事件発生時には北海道にいた。確認を取ったがアリバイは完璧だ。残るのは元夫の清田太郎とマネージャーの勘田勉。しかし勘田さんは今回の事件の犯人ではあり得ない」

「なぜ、そう言い切れる？」

「遺体に『ジャンプ』の歌詞になぞらえた装飾が施されていたからだ。勘田さんは三ヶ月前に彼女のマネージャーになったばかりで、アヤカがラッキーズの一員だったことも知らなかった。そんな人間が『ジャンプ』の歌詞を知っているわけもないし、歌詞に見立てた落書きをするはずもない。そんなことをするのは彼女と一緒にその歌を歌っていたおまえだけだ。そうだろ、清田太郎」

胸を貫く冷徹な言葉に、清田の笑みは凍った。

京堂警部補は、すかさず二の矢を放つ。

「アヤカさんの掌に太陽と月の絵を描いたのは、咄嗟の証拠隠しだった。違うか」

清田は答えなかったが、明らかにうろたえていた。

「おまえは彼女の首を絞めた。しかしまだ完全に絶命したわけではなかった。アヤカさんは最後の力で自分の掌に犯人がおまえであるという告発——おそらくはおまえの名前——を書いた。手許にあったサインペンでな。

そのことに気付いたおまえは、もう一度彼女の首を絞めて完全に殺害し、ダイイングメッセージを消そうとした。しかしサインペンで書いた文字は容易には消えない。そこでおまえは、文字の上から絵を描いて覆い隠したんだ。咄嗟に描いたのは赤い丸だった。しかし単なる丸では何かを隠すために描いたとすぐにわかってしまうと考え、それに線を足して太陽にした。そして左手にも月を描いた。そのときにはもう仙洞美咲さんを殺して殿村菫さんに罪をなすり付ける計画を思いついていたのか」

清田は答えない。しかし額に大粒の汗をかいていた。

「覆い隠したつもりだろうが、掌に書かれたメッセージは残っているんだぞ。警察の科学捜査の力を嘗《な》めるな」

「……くっ」

清田が声を洩《も》らす。

「くっ……くそっ……！　アヤカが、あいつが私を馬鹿になんかしなければ……！」

「詳しいことは、別の部屋で聞こう。間宮さん、お願いします」

「ああ、わかった」

間宮警部補は嗚咽《おえつ》を洩らしつづける清田の腕を取り、部屋から連れ出した。

「皆さん、ご協力ありがとうございました」

残った人々に京堂警部補が言った。

「特に殿村菫さんには失礼なことをしてしまいました。申しわけありません」

「いいんですよ。アヤカとミサキの仇《かたき》が取れたんですから」

殿村菫は微笑《ほほえ》みながら、

「でも刑事さん、本当に怖かったわ。あらかじめ教えられてなかったら、本当に犯人にされて逮捕されるかと思っちゃったでしょうね」

「え？」

生田は思わず声を上げる。

「じゃあ、さっきのはお芝居？」

「そうですよ。わたしだって、元タレントですから」

「はあ……でも、どうして僕には教えてくれなかったんですか」

少し恨めしく思いながら京堂警部補に眼を向けると、

「おまえは思っていることが顔に出る」

警部補に一蹴された。返す言葉がなかった。

呼ばれた人間は部屋を出ていき、生田と警部補だけが残った。

「あの、京堂さん」

生田はおずおずと訊いた。

「本当に掌のメッセージって発見できるんですか。まさかそこまでできるとは——」

「わたしも思ってはいない」

言葉を遮られ、生田は理解した。あれはやはりブラフだったのだ。

「しかしもう、清田は落ちた」

それは同意見だった。きっと彼は何もかも供述するだろう。

「取り調べは間宮さんとおまえに任せる」

そう言って京堂警部補は部屋を出ていく。

「どこへ?」

問いかける生田に、彼女は答えた。

「家に帰る。報告したいからな」

報告って誰に、と重ねて訊こうとしたが、すでに京堂警部補の姿はなかった。

四品目——偽装殺人　針と糸のトリックを添えて

1

気軽に本格的イタリアンが楽しめる、という触れ込みで五年前にオープンした店だった。シェフは本場で修業したというのが売りで、イタリアのリストランテに勤めていたと吹聴していたが、実際は皿洗いしかやらされていなかったのではないか、という噂もある。というのも、店のメニューにはピザとパスタしかなかったからだ。プロシュートもニョッキもミラノ風カツレツさえもないのに本場を名乗るのはおこがましい、とネットのグルメサイトで酷評されたこともある。それでもワインだけは充実していたので、気軽な飲み会などにはよく利用されていた。

その日も一件のパーティが行われようとしていた。

参加者は全部で十二名。一見すると結婚披露宴の二次会のようだったが、出席者の服装は地味めだった。ビデオカメラを向けられる彼らの表情も晴れやかというにはいささか難がある。かといって通夜の席のようなしめやかさもない。招待された客たちも自分がどんな顔をしていればいいのかわからないのだった。

その理由は壁に掛けられたボードに記されている。曰く、

【円藤《えんどう》夫妻　離婚パーティ】

立食形式のパーティだったが、主賓である円藤夫妻は席に着いていた。夫の円藤稔《みのる》はダークグレイのスーツ、妻の仁美《ひとみ》はバーガンディのワンピースを着ている。共に四十歳。結婚十五年目にしてこの日を迎えた。

司会進行役の森田《もりた》清晴《きよはる》がマイクの前に立つ。

「本日は円藤夫妻の離婚式にご出席くださいまして、まことにありがとうございます。稔氏の幼馴染みであり仁美さんの同級生でもあった私から、離婚に至るまでのおふたりの道程について紹介させていただきます」

稔と仁美は同じ大学のゼミではじめて顔を合わせた。卒業後も交際が続き、二十五歳で結婚した。稔は自動車ディーラーに勤め、仁美は設計事務所で働いた。結婚当初は仲むつまじく幸せな日々を送っていた。

最初のつまずきは結婚六年後の稔の転勤だった。これによって仁美は勤め先を退職せざるを得なくなった。仕事に生きがいを感じていた仁美にとっては悔いの残る退職だった。しかし稔は妻の思いに気付かず、そこで両者の間に齟齬《そご》が生じるようになった。

ふたりの間に子供ができなかったことも、夫婦間の不協和音を大きくする原因だった。稔は子供を強く望んでいたが、仁美は自分の仕事を優先させたがった。不妊治療を受けようと言う

稔に仁美は強く反対し、不和は決定的となった。
家庭内離婚の状態が長く続いたが、離婚には至らなかった。しかしこのような不自然な夫婦生活はお互いの人生に益することはないと判断し、今回の決断となった。従来離婚は恥ずべきものとされ、披露されることもなかったが、互いの新しい門出となる日を記念することにより、今後の人生をより豊かにし、なおかつ従前よりお付き合いいただいている皆様との縁を揺るがぬものにしたいと考え、このような席を設けたものである。以上。

森田のスピーチが終わると、まばらな拍手が起きた。手を叩いていいのかどうかもわからない、といった曖昧な反応だった。

続いて円藤夫妻が立ち、店の奥に掲げられていた離婚届を手にすると、出席者の目の前で署名捺印した。そして互いの結婚指輪を外し合い、木製の小箱に納めた。

仁美がマイクの前に立ち、短いスピーチをした。ふたりはこんなことになったけど、今後とも末永くお付き合いください。云々。

稔もスピーチした。人はわかり合えるのかわかり合えないのか、今の自分にはよくわからない。これから一生かけて考えていこうと思います。云々。

その後は歓談の時間となった。最初はここで友人たちにスピーチをしてもらおうと計画していたが、皆が固辞したため実現しなかった。離婚を言祝《ことほ》ぐわけにもいかず、かといって悼《いた》むのも筋が違う。つまり誰も何を言っていいのかわからなかったのだ。

後に出席者のひとりは、こんな感想を述べている。

「なんか、中途半端な集まりでしたよ」

ネガティブな感想を抱いていたのは店のスタッフも同じだった。特にオーナーシェフの鶴田《つるた》瑞夫《みずお》は最後まで当惑していたようだった。

「円藤さんとは長い付き合いなんで断れなかったんですけどね、正直迷いましたよ。離婚パーティなんかに使われたと知れたら、店のイメージが悪くなるんじゃないかって。実際、とんでもないことになっちゃったんですけどね」

招待客たちはワインを飲みながら当たり障りのない会話をしていた。鶴田は次々にピザを焼き、パスタを皿に盛った。

開始三十分ほどして入口ドアに取り付けられたベルが鳴り、遅刻した客がやってきた。稔の弟の崇弘《たかひろ》と妻の久美《くみ》だった。

「兄貴は？」

崇弘の問いかけに、その場にいた者たちは一斉に周囲を見回した。稔の姿は、なかった。

「手洗いかな？」

「いや、俺が今、手洗い使ってた」

「じゃあ、外に出てった？」

「店のドア、一度も開かなかったわよ」

「だったらどこに？」

「さあ？」

誰も稔がどこにいるのか、いつ姿を消したのか、知らなかった。

厨房の鶴田にも訊《き》いてみたが、パーティが始まってからは稔とは顔を合わせていないと彼は答えた。

この事態を、客たちはそんなに深刻には考えていなかった。

「どこかに隠れてるんじゃない？」

「どうして隠れるんだよ？」

「離婚パーティなんて、急に恥ずかしくなったとか」

「あいつがそんなヤワな男かよ」

「それもそうだな」

そんな軽口が交わされた。

しかし崇弘は表情を曇らせた。

「どこに行ったんだ？　姉さん、知らない？」

姉さんと呼ばれた仁美は困惑した表情で、

「知らないわよ。さっきケータイで話してたと思ったけど」

「ああ、それは俺だよ。少し遅れるって連絡入れたんだ。それから兄貴の姿は見てない？」

「見てないわ。どこに行ったのか知らない」

仁美の返答は素っ気なかった。

「お義兄《にい》さん、わたしたちに会いたくなかったのかも」

久美が言った。

「だってわたしたちにはずっと、仲のいい理想的な夫婦って顔してたでしょ。今更離婚だなんてことになって、居たたまれなくなったんじゃないかしら」

元義妹のあけすけな言いかたに、仁美の表情が変わった。

「わたしたちの離婚は、別に恥ずかしいことじゃないわ。だからこうしてお披露目パーティまで開いたのよ。なのに——」

「まあまあ」

崇弘は割って入ると、

「とにかく、兄貴を探そう。店から出てはいないんだね？」

「たぶん、ね」

「じゃあ店の中のどこかだ。厨房にも手洗いにもいない。となると残るのは……食料庫かな？」

店の奥に食料庫と呼ばれる小部屋があることは、店の人間だけでなく常連客なら知っていることだった。森田と崇弘、仁美と鶴田の四人がそちらに向かった。

食料庫の扉は閉まっていた。鶴田が把手《とって》に手を掛け、押した。

「ん？」

「どうしました？」

崇弘が訊く。

「開かないんですよ」

鶴田はドアを何度も押した。動かなかった。

「……閂《かんぬき》が掛けられているみたいだな」

「閂って、内側の？」

「そうです」

「じゃあ、中に誰かいるってことでは？」

「そういうことに、なるかなあ」

「……まさか、兄貴が？」

崇弘は扉を叩いた。

「兄貴！　いるのか？　返事してくれ！」

応答はなかった。

「兄貴！　いるんだろ？　おいっ！」

やはり返事はない。

「しかたないな。裏口のドアから——」

鶴田が言いかけたとき、

「くそっ！」

崇弘が扉に突進した。

一撃でベニヤ板の割れる音がした。続けて二度、三度、崇弘は扉に肩を叩きつけた。

四度目で突然、扉が押し開かれた。崇弘は勢い余ってつんのめる。

「くっ！」

が、扉は途中で止まり、あやうく倒れ込むことだけは免れた。

「兄貴っ！」

崇弘はさらに扉を押し開き、中に入った。彼の後ろにいた鶴田や森田、そして仁美も食料庫の中の様子を眼にした。

「……そんな……」

そう言ったきり、崇弘はその場に立ち尽くした。

部屋の中に男がひとり、いた。

「兄貴……どうして……」

食料庫の壁際には鉄製の棚が組まれている。そのフレームにネクタイが結びつけられていた。そして円藤稔はネクタイの輪に首を掛けていた。

糸の切れた操り人形のように、彼の体は吊り下がっていた。

「なんてことだ……」

鶴田が声を洩《も》らした。そして、

「ああ……これが……！」

悲鳴にも似た声を上げたのは、仁美だった。

「これがあんたの仕打ちなの!? わたしに、こんな姿を見せるのが……なんて、なんて……！」

声はやがて嗚咽《おえつ》へと変わっていった。

2

名古屋市東区百人町《ひゃくにんちょう》にある「リストランテ・ツルタ」に、愛知県警捜査一課の捜査員たちが乗ったパトカーが到着した。

現場にはすでに付近の交番の警察官と鑑識員、東警察署の署員が集まっていた。

「あ、この店、一度来たことがあります」

パトカーから降りるなりそう言ったのは、生田《いくた》刑事だった。

「嫁さんがタウン誌で『ピザの美味《おい》しい店』って紹介されているのを見て行きたいと言ったんで」

「それで、美味《うま》かったのか」

間宮《まみや》警部補が訊いた。

「美味しかったですよ。生地がパリパリで。でもピザとパスタしかメニューがなくて、途中で飽きてきましたけどね。だから――」

そこまで言いかけて、生田は口を噤《つぐ》んだ。現場で無駄口を叩いていると命取りになりかねない。そっと同乗してきた上司――京堂景子《きょうどうけいこ》警部補の様子を窺った。

彼女の姿はすでに店の前にあった。

「遺体はどこだ？」

入口に立っていた制服警官に尋ねる。警官は直立不動の姿勢を取り、返答した。

「はっ、その、店の奥の部屋に、い、いらっしゃいます」

緊張で少々声が裏返り、言葉遣いもおかしかった。京堂警部補がやってくることはすでに職員すべてに伝えられていたので、現場には通常の捜査現場にはない張りつめた空気が流れていたのだった。

「最近、景ちゃんが何と呼ばれとるか、知っとるか」

間宮が小声で生田に訊いた。

「え？　その、鉄《アイアン・レディー》女とか、氷の女とか？」

「その氷の女が昇進して、今じゃ氷の女王だとよ」

「女王……なるほど」

生田は感心したように頷く。が、次の瞬間、背筋を震わせて立ち尽くした。病気ではない、景子が振り返り、彼に一瞥《いちべつ》を与えただけだった。それだけで生田の脊椎を氷点下の槍が貫いた。

無言で景子は店に入る。生田と間宮も黙ってそれに従った。

店内は木製の調度をメインにした素朴な作りだった。焼けたチーズとワインの匂いが漂っている。その中を警察関係者が忙しく行き来していた。

店の隅のテーブルに数人の男女が寄り添っていた。嗚咽を洩らしている女性と、それを慰めている女性もいる。景子はちらりとそちらを見やったが、何も言わずに店の奥へと向かった。

奥には通路があり、そのまた奥に開け放たれた扉があった。扉の向こうには倉庫のような小部屋がある。壁際に鉄製の棚が据えつけられており、おなじく鉄製の脚立が立てかけられている。遺体はその小部屋の床に横たえられていた。

四十歳前後の男だった。中肉中背でグレイのスーツを着ている。ネクタイを外しワイシャツの胸元がはだけられていた。

カメラのフラッシュが男の全身を白く浮き立たせる。

「身許は？」

景子が尋ねると遺体の前に屈み込んでいた鑑識員が立ち上がった。

「円藤稔、四十歳です」

水坂《みずさか》という名のその鑑識員は、景子と何度か現場で顔を合わせている。それだけに彼女の峻厳《しゅんげん》さは身をもって知っていた。おのずから態度もきびきびとしたものにならざるを得ない。

「これまでにわかっていることは？」

「はい、遺体はネクタイを首に掛け、この棚のフレームに吊り下がっていたそうですが、警察官が到着したときには既に下ろされていたので、確認はできていません。しかし首に掛かっていたネクタイの捩《ねじ》れ具合から見て、そのような状況にあったと考えても間違いはないと思われます。死亡推定時刻は現在より一時間半から三十分前、午後七時から八時半の間と推定されます。死因は気道圧迫による窒息死と見られます」

「じゃあ、首吊りか。自殺か」

間宮が口を挟んだ。すると水坂は少々逡巡するような表情を浮かべ、

「それが……」

と、言葉を濁した。

「言いたいことがあるなら、言え」

景子が短く、しかし鋭く促すと、水坂は思い切ったように顔を上げ、

「正確には解剖してから結論を下すべきだと思いますが、私の所見を申し上げるなら、これは自殺ではありません」

「根拠は?」

「第一に索痕《さくこん》です。御覧ください」

遺体の首のあたりを指差した。

「この索痕は水平に走っています。御存知のとおり縊死《いし》の場合、索痕は斜め上方に着くものです。第二、この遺体には顔面鬱血および網膜溢血《いっけつ》点が著明です。これも御存知のとおり、縊死の場合にはあまりないことです。以上の点から考えて、この遺体の死因は縊死ではなく扼殺《やくさつ》と推察されます」

「つまり、自殺に見せかけた他殺、ということですか」

生田が尋ねる。

「その可能性が極めて高い、と考えられます」

「なるほど」

景子は言った。

「内容は理解できた。これからは他殺を前提に捜査をする」

彼女の一言に、水坂は安堵の表情を浮かべた。

「遺体発見時の状況について情報をもっている者は？」

景子の問いかけに、ひとりの刑事が手を挙げた。

「東署の月村《つきむら》です。今夜円藤稔さんと一緒にこの店に来ていたひとたちから話を聞いております」

月村は今夜の経緯について景子たちに報告する。

「離婚パーティ？　なんですかそれ？」

生田が訊くと、月村は困ったような顔をして、

「円藤夫妻が離婚をするに当たって、親しい間柄の人間を呼んで披露パーティなるものをしたんだそうです。私には正直、よくわからない感覚ですがね」

「そういえば離婚式なんてものが流行《はや》っとるときいたことがあるけどよ」

と間宮が言う。

「今の世の中、変わったことをする手合いが多いて」

「店のほうにいたのが、パーティの出席者か」

景子は間宮の軽口に乗る様子もなく、月村に尋ねた。

「そうです。まだ残ってもらっています」

「話を聞きたい」

そう言うと彼女は小部屋を出ていった。生田と間宮も急いで後を追う。

店の隅にいた客たちは、近付いてくる景子を不思議そうに見ている。

「愛知県警捜査一課の京堂と言います」

景子が名乗ると、意外そうな表情を見せた者が何人かいた。

「刑事さん、ですか。本当に?」

訊き返したのは、モスグリーンのスーツを着た男だった。景子はその男性に視線を向ける。

「なぜ疑うのですか」

「あ、いや。あまりにお美しかったので。あなたみたいなひとが人殺しの現場なんかになんて……はい」

おもねるような笑みを浮かべる。しかしその笑みも景子の視線が少し強くなっただけで陽に晒《さら》された朝靄のように消えてなくなった。

「あなたの名前は?」

景子の質問に、男は真顔に戻って答えた。

「森田清晴といいます。あの、円藤君の友人でして、今日のパーティでは司会役を、その……」

「円藤稔さんの奥さんは、どなたですか」

森田の言葉を無視するように景子は重ねて尋ねた。

「わたし、です」

応じたのは嗚咽を洩らしていた女性だった。

「失礼ですが、お名前は？」

「仁美と、言います」

「御心痛、お察しします。お手数ですが仁美さん、今日の出来事についてもう一度お聞かせ願えますか」

「……はい」

途切れ途切れながら、仁美は稔の遺体が発見されるまでの経緯を話した。生田はメモを取りながら、間宮は時折頷きながら話を聞いた。景子は仁美の話が終わってから尋ねた。

「パーティの最中で稔さんの姿が見えなくなったと。それに気付いたのは何時頃ですか」

「それは……」

仁美は心許ない表情で他の客たちを見回す。

「八時頃じゃなかったかしら」

青いワンピース姿の女性が言った。仁美の友人だという。

「あのとき、遅れてた崇弘さんが来て、稔さんはどこかって訊いたときにみんな気が付いたんです」

「崇弘さん？」

「僕です」

手を挙げたのは小柄で細面の男性だった。

「稔の弟の崇弘と言います。店に入ったら兄貴の姿がなかったんで、どこにいるのかと訊いたけどみんな知らなくて、それで探しはじめたんです」

「で、あの奥の部屋で発見したというわけですね。内側から鍵が掛かっていたというのは本当ですか」

「ええ、正確には鍵じゃなくて閂ですけど。鉄の棒を横にスライドさせて開けられなくするやつ、あるでしょ。あれです」

「それであなたが扉に体当たりして無理矢理入ったんですね。そのときの様子は？」

「兄貴が首を吊ってました。慌ててネクタイを外したんですが、もう息をしてませんでした」

「あのひと、わたしに嫌がらせをしたんだわ……」

呟くように言ったのは、仁美だった。

「仁美、何を言い出すの」

青いワンピースの友人がたしなめたが、仁美は首を振って、

「いいえ、きっとそうなのよ。あれがわたしへの意趣返しなんだわ」

「意趣返し？」

「先に離婚を望んだのは、わたしなんです。あのひとは最初、嫌がってました。でもわたしの意志が変わらないので、渋々応じたんです。この離婚パーティも乗り気じゃありませんでした。わたしが強引に開いたんです。あのひとと、はっきりと決別するために。あのひとは、何もかもわたし主導で事が進んだことを恨んでたんです。だから腹いせに自殺したんです」

「そんな……いくらなんでもそんなことで自殺なんかしないよ」

森田が言い返した。

「たしかに円藤は根に持つタイプだけどさ、そこまで自虐的な奴じゃないって」

「でも、自殺しちゃったじゃないの！」

仁美は叫んだ。

「他にどんな理由があるっていうの!?」

「お話の途中ですが」

景子が言葉を挟んだ。

「稔さんの遺体を検分したところ、自殺という見方には疑問が出てきました」

「……え？」

仁美が当惑の表情を浮かべる。

「自殺じゃないんですか。だったら、何なの？」

「何者かの手による殺人の可能性が高いと言えます」

景子の言葉に一同はしばらく言葉を失くした。

「あのひとが、殺された……そんな……」

「いったい、誰が……？」

仁美が最初にその沈黙を破った。

「それはこれから捜査します。もう一度確認しますが、扉の閂は掛けられていたんですね？」

「間違いありません。何度か体当たりしないと開きませんでしたから」

　崇弘が答える。

「あの部屋には他に出入口がありましたね。そちらはどうなっていましたか」

「裏口のドアのことですね。それなら後で調べましたが、鍵が掛かっていましたよ」

　鶴田が答えた。

「そのドアの鍵は？」

「私が持ってます」

「あなたの他には？」

「私だけです。合鍵もありません。ただあの鍵は内側、つまり食料庫の側からならツマミを回すだけでロックできます」

「内側から、ですか。閂も内側から掛けられていた……」

「密室ですね」

　生田が興奮気味に言った。

「犯人が自殺に見せかけるためにあの部屋を密室にしたんですよ。こいつは――」

「生田」

　景子は一言で部下を黙らせた。そして客たちに言う。

「部下が〝密室〟と言い出したとたん、皆さんおかしな顔をされたようですが、何かあるんですか」

「それは……」

森田がうろたえたように視線を泳がせる。

「気のついたことがあるなら、話してください」

景子が促したが、彼はまだ逡巡している様子だった。景子がその躊躇《ちゅうちょ》を打ち砕くべく言葉を発しようとしたとき、

「京堂さん、すみません」

小走りにやってきたのは、先程の水坂鑑識員だった。

「こんなものが見つかったんですが」

小さなビニール袋を目の前に差し出した。景子はそれを受け取り、眼を凝らした。生田も間宮も背後から覗き込む。

「……針、か」

裁縫に使う木綿《もめん》針だった。針穴に三十センチほどの長さの白い糸が通されている。

「どこにあった？」

景子が尋ねると、

「開けられた扉のドア枠に刺さっていました。閂が取り付けられていた箇所です」

「針と、糸か。古典的な道具ですね」

生田が言う。

「どういう意味だ？」

間宮が尋ねた。

「ほら、密室を作るトリックですよ。針と糸を使って」

「ああ、そんなことをするドラマを観たことがあるな。しかし本当にそんなことで部屋を密室になんかできるんかな？」

「できます」

唐突に答えたのは、森田だった。

「なぜ断言できるんですか」

景子が尋ねた。すると森田は躊躇《ためら》うように仲間を見回してから答えた。

「実際に試したことがあるからです。あの扉で」

「試した？　あなたがですか」

「いえ」

森田は言った。

「やったのは、死んだ円藤です」

3

真鍮製の閂だった。古びているが動きはスムースだ。扉側に取り付けられていた。ドア枠には受け止める金具がある。

男の手がドア枠側に糸を通した針を打ち込んだ。そして糸を閂のツマミに巻き付け、扉を閉める。

糸が外側から引っ張られると、糸はツマミを引き、閂を金具に落とした。

さらに糸が引かれる。ドア枠に刺さった針が傾き、引き抜かれた。そのまま針と糸は扉の隙間から姿を消した。

――おお、やった！

声が聞こえた。腕が伸び、指が閂を外して扉を開けた。

扉の向こうには数人の男女が立っている。みんな手を叩いていた。

――密室成功！

誰かが歓声をあげた。針のついた糸を手にした男が得意気にウインクをしてみせる。

そこで映像は終わっていた。

「なるほどね」

ディスプレイから眼を離して、新太郎《しんたろう》は感心したように言った。

「たしかに針と糸で密室トリックを完成させてる。ほんとにできるんだ。それで、最後に映ってた男が、殺された円藤稔なの？」

「そうよ」

景子が頷く。

「事件の現場になった店で一ヶ月前に、みんなの前で試してみせたんだって。その様子を弟の崇弘が撮影して、この動画サイトにアップしたそうよ」

「そして今日、自分が密室状態の部屋で殺されていたと。なんだか皮肉な話だね」

パソコンのブラウザを閉じると、新太郎は立ち上がった。

「戻ろうか。ちょっと飲もうよ」

キッチンに入ると新太郎はオイルサーディンの缶を開け、マヨネーズをかけローズマリーの小枝を添えてオーブンに入れた。

今日の酒はオールドパー。いつものロックでふたり分用意する。

やがてオーブンがチン、と音を立てた。熱くなった缶を皿に載せ、テーブルに持ってくる。

向かい合い、グラスを軽く合わせた。

熱々のサーディンで焼けた舌を、氷で冷やされたウイスキーで冷ます。

「いいわねえ、この取り合わせ」

景子がにっこりと微笑《ほほえ》んだ。

「でしょ」

新太郎も笑みを返す。

「ところでさっきの動画だけど、あそこに映ってる扉が実際にも閂を掛けられていたわけだね?」

「そうなの。鑑識が確認したところによると、トリックのために刺した針の位置も同じだそうよ。何者かが円藤稔を殺害してネクタイで棚に吊り下げて、それから針と糸でドアの閂を掛けたのよ」

「あの部屋──食料庫だっけ──通路の突き当たりにあるんだよね？ってことは、密室を作るために扉の前でごちゃごちゃやってても、人目には付かないのかな？」

「ええ、通路は薄暗くて見えにくかったし、少し時間があれば閂を掛けることは可能だったと思うわ」

景子は、そう言ってグラスを口に運ぶ。

「問題は、誰がやったかよね」

「あの動画、九百一回再生されてたよね。ってことは、のべで九百一人の人間があのトリックが可能だってことを知ってるわけだ」

「容疑者が九百一人も？」

「いや、動画には場所を特定できる描写も説明もなかったから、まったくの他人は関係ないよ。ただ、当時あの店にいた人間は可能性があるかもね。何人いたんだっけ？」

「円藤夫妻と招待客、それから司会をやってた森田清晴を合わせて十四人。それに店のシェフの鶴田瑞夫と店員の石川鈴子《いしかわすずこ》。合計十六人があの店にいたわ。ただし被害者の弟の円藤崇弘と久美夫妻だけは遅れて到着して、そのときにはすでに稔の姿はなかったの」

「崇弘さんと久美さんには密室を作る時間がなかったってことだね。他の人間の動きは？」

「立食パーティで店の中をあちこち行き来していたようだから、完全に把握することはできないわね。でも店の出入口のドアはパーティが始まってから崇弘がやってくるまで開け閉めされなかったということはわかっているの」

「どうしてそう言い切れるの?」

「ドアにはベルが付いてるのよ。それが一度も鳴らなかったんだって」

「なるほどね。ところで店にいた人間の中で、円藤さんを殺害する動機を持ってるひとっているの?」

「それなんだけどね、まず疑われるのは仁美なの。なんたって離婚するくらい仲が悪くなってたわけだしね。でも、わざわざ離婚パーティまで開いたのに、その席で殺したりするかしらね。晴れて離婚できるんだから、今になって殺すことはないような気がするんだけど」

「僕もそれには賛成するな。離婚調停がもつれていたんならともかく、離婚が成立するのならわざわざ殺さないと思うよ。他には?」

「次は弟の崇弘。じつは稔に多額の借金をしていたらしいの。それが返せないんで、ふたりの仲はぎくしゃくしてたっていう話よ。あと、意外なところでオーナーシェフの鶴田。彼も稔に金を借りてたみたい。それもあって離婚パーティの会場にされることを断れなかったらしいわ」

「断りたかったの?」

「だって離婚パーティよ。あんまり縁起よくないでしょ。店のイメージも悪くなるって」

「そうかなあ。別に悪くないと思うけどどな」

「なによ、離婚パーティに興味あるの?」

「そういうわけじゃないよ。ま、価値観は人それぞれってこと。だけど、今までの話だとちょっとデータ不足かな。店の様子とかパーティのときの状況とかが、もっとわかるといいんだけど」

新太郎が言うと、

「わかるわよ」

景子はあっさりと言い、いつも使っているバッグを持ってきた。

中から取り出したのは、一枚のディスクだった。

「これは？」

「パーティの様子を録画したＤＶＤ。招待客のひとりがカメラを持ってきて撮ってたの。それを警察に提出してもらったんだけど、わたしが家でも検討するからってダビングしてもらったわけ」

「わお、すごいデータじゃん。見てもいい？」

「もちろん。新太郎君に見てもらうために持ってきたんだから」

リビングに移ると、景子はディスクをテレビの下に置いてあるＤＶＤプレーヤーにセットした。新太郎は妻と並んでソファに座る。

最初に映し出されたのは一組の男女の姿だった。ふたりともカメラに向かって複雑な笑みを浮かべている。

「男のほうはさっきの動画に出てたからわかる。円藤稔さんだよね。だとすると女のほうは仁美さん？」

「正解。このぎこちない笑顔がパーティの雰囲気を表してるわね。あ、今映ったのが司会をやっていた森田清晴。横切ったのは店員の石川鈴子ね」

次々と映し出される男女を、景子はひとりひとり解説していった。

やがて司会の森田がマイクの前に立って話しはじめた。

――本日は円藤夫妻の離婚式にご出席くださいまして、まことにありがとうございます。

森田は夫妻の出会った頃から離婚に至るまでの経緯を話した。その後、円藤夫妻が客たちの前で離婚届にサインし、互いの指輪を外し合った。

「さっき署で観たときにも思ったんだけど」

景子は言った。

「なんだか、いやな雰囲気よね。こういうのって、不自然だわ」

「まあ、単純にめでたいとは言えないセレモニーだからね」

新太郎が画面を観たまま答えると、景子は不意に新太郎の手を握った。

「わたし、離婚なんかしたくない」

「僕も離婚なんて考えたこともないよ。今のところ、そんな要素はないでしょ？」

「うん、ない」

「じゃ、よかった」

新太郎は安心させるように妻の手を握り返すと、画面に意識を戻した。

パーティの様子が延々と映し出されている。みんなピザやパスタを立ったまま食べ、ワインを飲んでよくお喋りをしていた。手持ちのカメラはときどき斜めに傾いだり揺れたりして安定していない。じっと見ていると酔いそうになった。

「早送りしようか」

景子が言ったが、

「いや、全部見たい」

新太郎は首を振った。

三十分ほどめりはりのない画面を見ていた。カメラは客のひとりひとりを撮りはじめた。司会役だった森田は口いっぱいにピザを頬張っている。仁美は三人の女性たちとワイングラスを手に話をしている。

カランコロン、とカウベルのような音が聞こえた。カメラが百八十度転回する。一組の男女が姿を現したところだった。

「これが崇弘と久美夫妻よ」

景子が説明した。

「今のカランコロン、入口のドアに付いてるベルだね。たしかにこれまで一回も鳴らなかった。出入りした人間はいなかったってことか」

言いながら新太郎は画面に見入っている。

——兄貴は？

崇弘の言葉に応じるように客たちが周囲を見回した。

雑多な会話が交わされた後、森田、崇弘、仁美、鶴田の四人が食料庫を探すために移動した。

細く暗い通路の突き当たりにある扉の前に四人は立った。

——ん？

——どうしました？

——開かないんですよ。

そんな会話が交わされた後、崇弘が扉に体当たりを始めた。

四度目の体当たりで扉が開いた。崇弘は勢い余ってつんのめったが、扉が途中開きで止まったので倒れずに済んだ。無理矢理ドアを押し開け、中に入る。

壁際の棚にネクタイを結び付け、男が首を吊っていた。稔だった。

——……そんな……兄貴、どうして……。

崇弘の呻《うめ》くような言葉に、仁美の叫びと嗚咽が続いた。

男たちがネクタイを外して稔を下ろし、床に横たえたところで映像は終わっていた。

すべて見終えても、新太郎は何も言わなかった。暗くなった画面を見つめている。

「どう？」

景子が尋ねると、彼は答える代わりにリモコンを手に取った。

「もう一度見るの？」

「ちょっと、見直したいところがあるんだ」

早送りと再生を繰り返し、新太郎が辿り着いたのは崇弘が扉を破るシーンだった。彼の体当たりで扉が開き、崇弘の体がつんのめる。そこで彼は映像を一時停止した。

「ちょっと、ここ見て」

新太郎は立ち上がり、映し出されている画面の一点を指差した。

「扉の隙間から見えてるものがあるよね」

「……ええ」

「これ、脚立かな？」

「脚立……ああ、そうね。そういえば中に脚立があったわ。わたしが見たときには棚に立てかけてあったけど」

「よく見て。この扉は脚立に当たったって開ききらなかったんだよ。つまり脚立はこの時点では扉のすぐ前に立っていたんだ」

「そういうことになるわね。でも……」

「この扉の開き具合から考えると……扉と脚立の距離は三十センチくらいしかない。だとすると、おかしいよ」

「おかしいって、何が？」

「犯人は稔さんを殺して棚に吊った後、針と糸の仕掛けを施して扉から外に出て、密室を作り上げた、という仮定が成り立たなくなる。だってこの状態だと、脚立が邪魔で扉から外に出られないじゃない」

「……あ」

景子は思わず声をあげた。

「たしかにそうだわ。扉があれだけしか開かないんだから出入りできないわよね」

「針と糸のトリックも仕掛けにくくなるよ」

「でも、じゃあどういうことなの？」

「犯人は扉から出たんじゃないってこと」

新太郎は言った。

「たしかこの部屋、他にも出入口があったって言ってたよね？」

「ええ、外に通じる裏口がね。でもそこにも鍵が掛かっていたわ」

「その裏口、外から鍵を掛けるにはキーが必要だけど、内側からならツマミを回すだけでロックできるんでしょ。だったら簡単だよ。稔さんの遺体を見つけてみんなが大騒ぎしている隙に、そっとツマミを回してしまえばいい」

「ってことは、犯人は裏口から？」

「そう考えるべきだよね。となると、犯人も自ずから限定されてくる」

「待って。そこから先はわたしにもわかるわ」

景子が自信ありげに言った。

「犯人は、崇弘夫妻ね」

「ああ、パーティが始まって彼らが店に来るまで、誰も店から出なかった。裏口から出入りすることが可能だったのは、彼らしかいないんだ。

たしか稔さんがパーティの最中に崇弘さんとケータイでやり取りしてたって言ってたよね。そのときに食料庫で落ち合う約束をしたんじゃないかな。借金を返すからとか、理由はいろいろ付けられるだろうけど。で、稔さんが裏口の鍵を開けて崇弘さん夫妻を中に入れる。そして彼らが稔さんを殺して、ふたりがかりで首吊りに見せかける。

ただ、これが自殺として処理されるとは崇弘さんたちも最初から期待してなかったんだろうな。索条痕で自殺か他殺かが簡単にわかるって知識は、今じゃ一般のひとも知っていることだから。それで次の策として他の客に罪を擦《なす》り付けるために、わざわざ針と糸のトリックが使われたような痕跡を作って裏口から出たんだ。そのときにうっかり脚立を扉の前に置いてしまったんだろうけど。そしてあらためて表の出入口から店に入って、今来たばかりって顔をしたんだよ」

「そうよ！　きっとそうだわ。すごい、今回も新太郎君、見事に謎を解いたわね！」

景子は夫に抱きついた。

「なんかもう、尊敬しちゃうわ。いえ、惚れちゃうわ。惚れ直しちゃうわ！」

「ちょっ！　ちょっとちょっと！」

新太郎はそのまま押し倒そうとする妻を必死に押し止《とど》めようとする。

「何がちょっとよ。わたしがせっかくお礼をしてあげようっていうのに。それともわたしじゃ不満？」

「いやいや、そういうんじゃなくってさ。ちょっと落ち着こうよ」

「明日になったらわたしが崇弘夫妻をしょっぴいてやるわ。そしたら事件解決。世界は平和。わたしたちも円満。言うことなしじゃないの。ささ、今から円満になりましょう」

「いや、今だってちゃんと円満だって――」

新太郎が積極的な妻を落ち着かせようとしていたとき、録画されていた映像が終わってテレビに映し出されていた画像が消えた。

「……ん？」

新太郎が真顔になる。

「どうかした？」

「いや……今、終わる直前に何か聞こえたような……」

再びリモコンを持ち、映像を後戻りさせる。

床に横たえられた稔の遺体が映し出された。カメラが遺体に近付いていく。

――こら、そんなもの撮るな！

崇弘らしい声がする。

――ああ、ごめん。

別の声がした。そして、

――とんだ司会だったな。

その言葉を最後に、画像は消えた。

新太郎はショックを受けたように黙り込んだ。

「どうしたの？」

問いかける景子を手で制し、

「待てよ。だとすると……」

新太郎は呟きながら考えはじめた。

景子も黙って待つ。

三十秒ほど後、

「……そうか」

「何かわかったの？」

「ああ、もう少しで相手の術中に嵌まるところだったよ。最初に観たときから気になってはいたんだけど、やっぱり重要なことだったんだ」

新太郎はそう言うと、苦笑を浮かべた。

「この犯人、えらく回りくどいことをしてくれてるよ」

「犯人って、崇弘夫妻のこと？」

「いいや」

彼は首を振った。

「彼らは、犯人じゃない」

4

「あのDVDを最初に観て感じた違和感は、なぜこんなものが映されているんだろうということだった」

京堂景子警部補は言った。

「パーティの様子を映してもらっていただけですが、それがおかしいことですか」

相手は首を傾げてみせた。

「パーティそのものについては、べつにどうでもいい。問題は最後のほうだ」

景子は応じる。

「円藤崇弘が店に遅れてやってきて稔がどこにいるかと尋ねた後、四人の人間が食料庫へと探しに行った。ビデオにはそのときの様子まで撮影されていた。なぜだ？」

「なぜといわれても……撮影の流れで、じゃないですか」

「ひとりの人間が撮影していたのであれば、そういうこともあるかもしれない。だが、あのシーンだけは別の人間が撮っていた。そのことは録画されている映像の最後でわかった。そこで撮影していた人間の呟きが入っていたんだ。『とんだ司会だったな』と。これは、パーティの司会役だったあんたの声だな、森田さん」

相手——森田清晴は、その指摘にたじろいだ。

「パーティの最初のほうでは司会をしていたし、歓談のシーンでも食事しているところを撮られている。そのあたりまでは他の人間が撮影していたはずだ。しかし円藤稔の遺体発見のシーンはあんたが撮っている。なぜだ？」

「それは……何かよくないことが起きたと思って、とりあえず録画しておかなきゃと思っただけで……」

「稔を探しはじめた段階では、まだ誰も深刻な状況だとは思っていない。録画する必要などないだろう。あんたの目的はべつにあったはずだ。あんたは食料庫のドアが破られるシーンを映像として残しておきたかった。あんたの小細工が証拠として残るようにな」

「小細工って……何ですか」

「扉の前に置かれた脚立だ。あの脚立の存在によって扉から脱出することは不可能だと思わせたかった。そして裏口のドアから出入りすることが可能だった崇弘夫妻が犯人であるかのように我々を誘導したんだ。もしも警察がそのことに気付かなかったら、自分から話すつもりだったのだろう。しかし我々は気付いた。その上で、あんたの裏の意図も察することができた」

景子は森田を睨みつけた。

「あんたが円藤稔を殺害した。そうだな？」

「そんな……僕がやったのなら、どうやってあの食料庫を密室にできたんですか」

「もちろん、針と糸のトリックを使ったんだ。あんたは扉だけでなく脚立にも丈夫な糸を通して扉を閉めた。そして鍵を掛けただけでなく脚立を引っ張って扉の近くまで持ってきたんだ。警察が見つけた針と糸はあくまで囮《おとり》としてわざと残しておいたもので、実際に使ったものは全部回収できたのだろうな」

景子の追及に、森田の表情は歪んだ。

「じつのところ、あんたは最初に馬脚を現していた。あの店でわたしとはじめて顔を合わせたとき、あんたはおべっか交じりにこう言ったな。『あなたみたいなひとが人殺しの現場なんかになんて』と。あのときはまだあんたたちは円藤稔の死を自殺だと思っていたはずだ。なのにあんたは『人殺しの現場』と言った。つまり、彼が殺されたことを知っていたんだ」

「くっ……！」

森田の顔が、さらに歪む。拳を握りしめ、体を震わせていた。

「なぜ殺した？」

景子の冷たい声が、彼を追いつめる。

「僕は……許せなかった。あいつは、仁美さんを、不幸にした……」

森田は呻くように言った。

「それが理由か。くだらんな」

「くだらないわけない！　僕は仁美さんの幸せを思って身を引いて、彼女をあいつに任せたんだ。なのに……離婚なんて最悪じゃないか。そんな辛い思いを彼女にさせたあいつを、僕は絶対に許せない！」

森田は激しく首を振った。

「許せない！　許せない！」

言いつづける森田を、景子は冷然と見つめていた。そして言った。

「生田」

それまで脇に控えていた生田刑事が森田の腕を取った。森田は抵抗する様子もなく連行されていった。

「また一件落着だな。ご苦労さん」

間宮が言った。

「しかし哀れな男だわ。昔惚れた女のために人殺しまでするとは」

景子はそれには答えず、ひとりパトカーへと向かった。

「人を殺すくらいの度胸があるなら、惚れた女のために身を引いたなんてきれいごとを言うな」

彼女の呟きは、誰にも聞かれることはなかった。

五品目——眠れる殺人　少し辛い人生のソースと共に

1

その男が交番に現れたのは、真夏の熱気を引きずったまま訪れた夕暮れ時のことだった。

交番には警邏《けいら》から戻ってきたばかりの若い巡査がいた。男が入ってきたとき、道でも尋ねに来たのかと思ったという。特に取り乱していた様子もなく、ただひどく汗をかいていた。白いTシャツがべっとりと濡れていて、額にも汗が流れていた。

男は三十歳前後に見えた。痩《や》せてはいるが腕を見ると筋肉はしっかりと付いている。髪は短くカットしていた。下半身はカーキ色のハーフパンツにビーチサンダルといった軽装で、荷物は何も持っていない。近くに住んでいるな、と警官は直感した。

「何か？」

問いかけると、男はしばらく警官の顔を見つめ、それから呟くような口調で言った。

「いま、ひとをころしてきた」

警官は最初、その言葉の意味がよく理解できなかった。

「なんだって？」

思わず訊《き》き返した。男は繰り返す。

「今、人を殺してきた」

今度は何を言っているのかわかった。しかし警官はすぐにその言葉を信じたわけではなかった。悪戯《いたずら》だと思ったのだ。

「それ、本当ですか」

さらに訊き返したのも、相手の言葉を疑っていたからだ。

「本当だ。女を殺した」

女、という具体的な語句が、やっと警官を真剣にさせた。

「本当なのか」

「ああ、死体が、家にある」

「家ってどこだ？」

「そこ」

男は顎をしゃくってみせる。警官はさらに質問し、男の名前と住所を聞き出した後、警察電話を使って所轄署に連絡を取った。ひとりでは対応しきれないと判断したからだ。

「それで、誰を殺したんだ？」

連絡を終えた後、警官は再び問いかける。しかし男は、もう何も言わなかった。質問をいくつかぶつけても、口を閉じたままだった。

警官は焦った。殺人犯の自首に立ち会うなど、滅多にない機会だった。対応次第では自分の評価も上がるし、もしかしたら望んでいる刑事への昇進もあるかもしれない。それだけに男から情報を聞き出せないことが苛立たしかった。

「なんとか言ったらどうなんだ!?」

つい口調が荒くなる。男は怯える様子もなく、とても静かな視線で警官を見つめ返してきた。その眼付きが警官にまた疑念を抱かせた。

「おまえ、警察を馬鹿にしに来たのか。ほんとに人殺しなんてしたのか」

男はやはり答えない。

程なく署から応援がやってきた。刑事課のベテランだった。しかし彼に対しても男は黙秘を続けた。

「自首してきたってことは、自分の犯した罪を悔いてるってことだろう？　だったらもっと協力的になってくれよ。そうすれば心証も良くなるんだし」

年嵩《としかさ》の刑事がなだめすかすように言ったが、男の態度は変わらなかった。

警官はますます疑惑を募らせた。やはり悪戯なのではないか。だとしたら、まんまと乗せられた自分はいい面の皮だ。下手をすれば経歴に傷が付きかねない。

自首していながら他人事《ひとごと》のように悠然としている男を見て、警官は願わずにはいられなかった。どうか、どうか本当に人を殺していてくれますように、と。

そのとき、刑事の携帯電話が鳴った。

「もしもし？　……ああ、そうか。わかった」

電話を切った刑事は、男に言った。

「おまえの供述どおり、女性の遺体が見つかった」

それを聞いた瞬間、警官は思わず声を洩《も》らした。

「よかった……」

幸いにも、その呟きは聞き咎《とが》められなかった。

2

ラタトゥイユは南フランスの家庭料理だ。ナス、ズッキーニ、パプリカ、ピーマン、セロリといった夏野菜をオリーブオイルで炒め、トマトを加えてワインで煮る。水は一切加えない。ワインと野菜から出る水分だけで煮込むから美味《おい》しい。野菜だけで作るのが普通だが、新太郎《しんたろう》はパンチェッタを風味付けに加える。御飯にももちろん合うが、今日はバゲットにした。肉料理は簡単に鶏胸肉のパン粉焼き。パン粉には粉チーズとタイム、パセリ、ローズマリーといったハーブを細かくして混ぜ合わせてある。合わせるワインは冷やしたゲヴュルツトラミネール。

「わお」

語尾にハートマークが付きそうな歓声があがる。

「今日も美味しそうだわ。わたし、新太郎君の作るラタトゥイユ大好き。これで野菜嫌いが克服されたくらい」

「それはそれは、恭悦至極に存じまする」

新太郎は恭《うやうや》しく一礼すると、景子《けいこ》の前のグラスにワインを注いだ。

「とりあえず飲もうよ」

グラスを軽く合わせ、口に運ぶ。

「うん、冷えてる。美味しい」

「今日は久しぶりに早く帰ってきたし、ゆっくり飲もうか」

「そうね。飲んじゃいましょ。面倒なことは明日考えればいいんだし」

景子はにっこりと微笑《ほほえ》んでラタトゥイユに取りかかる。

「……うーん、今日もいい味！　これ、まだ残ってる？」

「あるけど、もうお代わりするつもり？」

「じゃなくて、明日の朝も食べたいの。出来立てのあったかいのもいいけど、冷蔵庫で一晩冷やしたのも美味しいんだもの」

食事は順調に進み、ワインも一本、空《から》になった。

新太郎は皿を流しに持っていく。

「そんなの、後でいいじゃない」

「とりあえず片付けておかないとさ。食後のコーヒーは？」

「所望！　デザートもあると、もっと嬉しい」

「ハーゲンダッツの新しいのを見つけたから買っておいたんだけど」

「あ、ＣＭでやってたやつ？　食べる食べる」

片付けたテーブルに、新太郎が淹れたてのコーヒーとアイスクリームのカップを置く。

「なんかもう、一流のレストランでフルコースを食べた気分ね」

「そんなにたいしたものじゃないんだけどね」

謙遜しながら新太郎はコーヒーを一口啜《すす》り、

「さっき『面倒なことは明日考えればいいんだし』とか言ってたけど、何か面倒なこと抱えてるの？」

「面倒ってほどじゃないんだけどね。ああ、でも、面倒かなあ」

「なんだかややこしそうだね」

「ややこしくはないの。ただ、手間がかかりそうなだけ」

そう言って景子はアイスを口に運ぶ。

「んー、美味しい。今回も当たりね。あ、それでね、今取りかかってる事件なんだけど、犯人はわかってるの。ていうか、自首してきたの。その点はだから問題ないんだけど、後がねえ」

「後って？」

「ひとを殺したことと自分の名前と住所を言ったきり、何も喋らないのよ。おかげで事件の詳細もわからないし調書も取れないし、迷惑してるわけ」

「景子さんが脅しても何も喋らないの？」

「脅したりなんかしてないわよ。いつもどおり厳格に取り調べしてるだけ。でも相手が頑《かたく》なっていうか、完全黙秘を続けてるのよ。まいっちゃうわ」

「それはまた、ある意味大変だね。その事件って朝刊に載ってたやつかな。志段味《しだみ》の」

「それそれ。どんなふうに載ってる？」

景子の問いかけに、新太郎は朝刊を持ってきて広げた。


【女性を殺害、自首】

八月二日、午後六時過ぎ、名古屋市守山《もりやま》区志段味の交番に男が現れ「女性を殺害した」と告げた。警察官が調べたところ守山区下志段味《しもしだみ》○○のアパートの一室から女性の遺体が発見された。警察では被害者の身許を調べると共に、男をさらに追求する方針。


「この時点では被害者の身許もわかってなかったんだね」

「うん、でも今はわかってるわよ。増田明日美《ますだあすみ》二十五歳、住所は西区数寄屋町《すきやちょう》。中区の衣料会社に勤めるOLよ。容疑者のほうは阿部照信《あべてるのぶ》三十歳。明日美の遺体が見つかったアパートで独り住まいしているサラリーマン」

「ふたりの関係は？」

「付き合ってたみたい。明日美が照信のアパートを訪れるところが何度か目撃されているわ」

「じゃあ、あれだね。痴情のもつれってやつ。別れ話がこじれたか、あるいはどっちかが浮気したかで揉めて、かっとなった男が女を殺したとか」

「そう、かもしれないわね。でも当の本人が何も言わないから、決めつけるわけにもいかなくて」

「殺害方法は？」

「扼殺《やくさつ》。向かい合った状態で絞めてるわ。照信の手に明日美が抵抗したときに付いたと思われる引っ掻《ひ》き傷があったから、間違いないと思う」

「照信は明日美さんを殺して、すぐに交番に自首したのかな？」

「死亡推定時刻から考えると、そのようね」

「逃げようともしなかったのか。殺したことを後悔してるのか……でも、黙秘を続けてるってのが気になるな。何か隠しているんだろうか……」

新太郎は独り言のように呟く。

「アイス、溶けちゃうよ」

景子に言われ、慌ててスプーンを手に取る。

「照信の会社には？」

「生田《いくた》を行かせたわ。中村区の建築会社で経理の仕事をしてるんだけど、評判は悪くないみたい。無口だけど真面目で、仕事もうまくこなせるタイプだったそうよ」

「会社の人間には明日美さんと付き合ってることは知られてたのかな？」

「そうではなかったみたいね。彼に彼女がいたことも、その彼女を殺したってことも、みんな意外だって言ってたそうだから」

「明日美さんのほうはどうかな？　会社での評判とか」

「こっちは間宮《まみや》さんに調べてもらったんだけど、仕事の面では可もなく不可もなくってところね。でも彼氏のことは知れ渡ってたわよ。明日美さんが自分から喋ってたそうだから。いかにもラブラブって感じで、喧嘩したとかって話は一切なかったそうよ。その彼に殺されたってんで、同僚とかは本当にびっくりしたらしいわ」

「話を聞く限りでは、明日美さんのほうが積極的だったみたいだね」

「そうなの。ふたりの間にちょっと温度差があった感じね。もしかしたら、そこに原因があるのかなあ……」

言いながら景子はスプーンを動かす。たちまちアイスクリームは空になった。

「あ、それでね、明日美さんってじつは、県警ではちょっとした有名人だったのよ」

「え？　何かやったの？」

「別に悪いことしたわけじゃないの。何度か県警本部に陳情に来てたのよ」

「何の陳情？」

「それがね、十年前に彼女のお兄さんが亡くなったんだけど、それが事故死じゃなくて殺人だったって言ってたの。で、もう一度ちゃんと調べ直してくれって」

「十年前……スリーピング・マーダーか」

新太郎のスプーンが、また止まる。

「何それ?」

「ミステリによくあるテーマだよ。日本語で言うと眠れる殺人。過去の殺人を掘り起こすタイプの話。で、それ、どういう事件?」

「わたしもまだ、詳しくは情報を聞いてないの。知りたい?」

「ちょっと興味があるね。今回の事件と関係があるのかどうか、わからないけど」

「だったら調べておくわ。それでね」

「ん?」

「アイス、もう食べないなら、ちょうだい」

小首を傾《かし》げておねだりする妻に、新太郎は苦笑する。

「いいけど、あんまり食べるとお腹壊すよ」

「大丈夫大丈夫。子供の頃はアイス三つくらい平気で食べてたんだから」

夫が食べ残したアイスクリームのカップを受け取り、嬉しそうに食べはじめる。そんな景子に、新太郎は思わず肩を竦めた。

3

「なんか、今日の京堂《きょうどう》さん、機嫌悪そうですね」

生田が、小声で耳打ちすると、

「ああ、そうみたいだな」

間宮も頷いた。

「やっぱり阿部照信が黙秘を続けてるせいですかね？」

「氷の女王の睨みも効果がないくらいだからな。ありゃ、なかなか厄介だて」

ふたりの会話が耳に届いたのかどうか、自分の席に座っている京堂警部補の表情が、また険しくなった。

「生田」

呼びかける声にも怒気が感じられる。生田は思わず背筋を伸ばした。

「あ、はい」

「西塚《にしづか》主任は、何時に来る？」

「あ……あと、三十分くらいかと。急ぎますか」

「いや、いい」

京堂警部補はそう言うと立ち上がり、一課の部屋を出ていった。

「やっぱりカリカリしてますね」

生田がすかさず間宮に言う。

「僕、生きた心地がしませんよ」

「俺もだがや」

間宮も同意する。

「景ちゃんの気分次第で一課の空気は、がらっと変わるでよ。ほんと、怖《おそが》いて」

当の京堂警部補は噂話をされていることなど知る由もなく、一直線に目的地――トイレへ向かっていた。

そして個室に入る刹那、呟いた。

「……やっぱり、一個にしとけばよかった」

朝から腹具合が悪く、楽しみにしていた冷たいラタトゥイユも食べられなかった。彼女の不機嫌は、そこに由来していたのだった。

三十分後、京堂警部補は、ひとりの署員と対面していた。

警務部住民サービス課の西塚主任。住民サービス課というのは文字どおり住民からの相談事などを受け付ける部署だ。

西塚はずっと警務部――一般の会社で言えば総務――の仕事に携わってきた事務方の人間だった。年齢は五十三歳。小柄で度の強い眼鏡を掛けている。髪はほとんど白くなっていて、しかも頭頂部まで禿《は》げていた。一見すると冴えないタイプだが、警務部内ではベテランとして評価の高い人物だった。特に住民サービス課に配置されてからは、その人当たりの良さと誠実な態度で相談に訪れる住民の評判も良く、県警の評価を上げることにもなっていた。

「捜査一課の京堂さんから直々の問い合わせとは、いささか緊張しますね」

西塚主任はアナウンサーのような深みのある落ち着いた声で言った。この声も彼の強みだった。うろたえたり怒ったりしている住民も彼の声で宥《なだ》められると、次第に気持ちを落ち着かせていくという。

腹痛で機嫌の悪かった京堂警部補も、彼にはあまりぶっきらぼうな態度は取れなかった。

「お忙しいところを申しわけありません」

景子は頭を下げ、西塚に椅子を勧めた。

「御用件は、増田明日美さんのことですね？」

「はい、西塚さんが彼女の対応をしていたそうですが」

「ええ。何度か話を聞いています。まさか、彼女が殺されただなんて、信じがたいことです」

「しかし事実です。明日美さんはお兄さんの死について調べ直してほしいと言っていたんですね？」

「そのとおりです。事故として処理されているが、あれは殺人だったと主張していました。もう一度調べ直してほしいと、とても熱心に言っていましたよ」

「どんな事件だったんでしょうか」

景子が訊くと、西塚は持参したファイルを彼女の前に置いた。

「ここに増田さんの陳情書や添付書類、当時の捜査資料の写しなどがあります。これに基づいて説明しましょう。

事件は十年前の八月四日に発生しました。場所は内海《うつみ》の海水浴場。ボートに乗っていた増田明久《あきひさ》さん――当時二十歳――が溺れて死亡しました。明久さんは泳げなかったため、空気を入れるタイプのボートに乗って浮かんでいたのですが、そのボートの空気が抜けて沈み、彼も溺れたということです」

「どんな形のボートですか」

「ここに同じ型のものの写真があります」

ファイルを捲《めく》ると、プリントされた写真が挟まっていた。

「いわゆるバナナボートというものですね。黄色いバナナが二本並んだ形になっていて、人間はそのバナナの間に乗るようになっている」

商品の紹介写真のようだった。西塚の言うとおり、二本のバナナを並べたような形のボートが写っている。

「明久さんは、ひとりで海に来ていたんですか」

「いいえ、友人たちと一緒です。明久さんの当時のガールフレンドだった森崎泉《もりさきいずみ》さん、泉さんの友人の双海《ふたみ》晴香《はるか》さん、晴香さんのボーイフレンドの遠藤万《えんどうま》智男《ちお》さん、明久さんの幼馴染みの阿部照信さん、そして妹の明日美さん。総勢六名ですね」

「明日美さんや阿部も一緒だったのですか」

「そのようです。当時捜査した所轄署の調書によると、明久さんはボートに乗ったまま、かなり沖合にまで出ていたようです。そして空気が抜けてボートが沈みはじめた。友人たちの間で最初に異変に気付いたのは遠藤万智男さんでした。泳ぎに自信のある彼が真っ先に救助に向かいました。しかし彼が岸辺まで助け上げたとき、明久さんはすでに意識がありませんでした。すぐに救急車で運ばれましたが、病院で死亡が確認されました。萎《しぼ》んだボートも調べられました。一ヶ所穴が開いていたそうです。そこから徐々に空気が洩れたのです。一度に洩れる量が少なかったので、明久さんは異変に気付かずに沖合にまで出てしまったのだと考えられました。ちなみにボートは明久さんの持ち物でした」

西塚はまたファイルを捲る。新聞記事が貼り付けられていた。

「事故について記した記事です」

今、彼が話したのと同じようなことが記事にも書かれていた。小さな写真も添えられている。砂浜で、バナナのような形のボートを数人で取り囲んでいる写真だった。

「不幸な事故、と言えなくもないですね。しかし明日美さんは、これが事故ではなく殺人だと主張していたのですか」

「はい、ボートに開いた穴は故意に開けられたもので、明久さんはそれに気付かずに海に出て溺れたのだということでした」

「そう考える根拠は？」

「ボートは新しいもので、その日初めて使ったんだそうです。だから穴が開いていることなどないはずだと」

「最初から不良品だったということもあり得ますが」

「明日美さんによると、すでにボートのメーカーには安全性について問い合わせをして、確証を得ているとのことでした。工場にまで出かけて安全チェックの実情を確かめたんだそうで」

「徹底してますね。しかしそれでも事故という可能性は排除できないと思います。何か尖ったもので引っかけたとか、新品の包装を剝《は》がすときに使った刃物で傷つけたとか」

「私もその可能性について言及しました。しかし明日美さんは他殺が考えられる以上、ちゃんと調べてほしいと繰り返すばかりでした」

「そこまで他殺を主張する理由があったんですか」

「当時、一緒に海水浴に行った仲間の中に、明久さんを殺す理由を持っていた者がふたりいた、と彼女は言っていました」

「誰のことですか」

「森崎泉さんと遠藤万智男さんです。先程説明したように森崎さんは明久さんと付き合っていましたが、彼女の友人である双海晴香さんも明久さんを憎からず思っていたそうです」

「二股ですか」

「明日美さんの話では、そういうことらしいです」

「それで双海晴香の恋人の遠藤万智男が怒って、増田明久を殺害したと？　動機としては、まあ考えられないこともない。しかし森崎泉の場合は？」

「こちらも嫉妬に駆られて、というのが明日美さんの意見でした」

「双海晴香ではなく増田明久のほうに殺意が向く、というのが理解しにくいですね」

「今のはあくまで明日美さんの考えです。彼女はずっとそう主張していました」

「ふむ……」

景子は考え込んだ。

「私も明日美さんの話を聞いて、あなたと同じような顔になりましたよ」

西塚が言った。

「正直困りました。殺人だという根拠が薄弱ですからね。だから再捜査してもらうとも言えなかった。明日美さんは私のことを不甲斐ない人間だと思っていたでしょう」

「所轄署の調書を取り寄せるとか、いろいろと善処されていたようですが」

「私にできるのは、それくらいのことでしたからね。でも調べれば調べるほど、これが他殺だと断言できるだけの確信は持てなくなりました」

「たしかに難しいですね。明日美さんの気持ちもわからないではないが……彼女は明久さんが亡くなってからずっと、これが他殺だと主張していたのですか」

「そうではないようです。警察に訴えるようになったのも、つい最近のことですし」

「どうして今になって、お兄さんの死が殺人だと言い出したのでしょうか」

「ひとつには彼女自身の心境の変化があったようです。これも明日美さんから聞いた話ですが、彼ら兄妹《きょうだい》は幼い頃からずいぶんと苦労してきたそうです。明日美さんが三歳のときに両親が交通事故で亡くなり、兄妹は祖父母の許で育てられたとか。生活は楽ではなく、明久さんも明日美さんも大学進学はせず、高校卒業と同時に働きはじめたそうです。明日美さんは語学が得意で、本当は海外の大学に留学したかったそうなんですがね。明久さんは妹の夢を叶えようと一生懸命働いて金を貯めようとしていた。その矢先の事件だったわけです。事件後、明日美さんは留学を諦めました。

　そんな彼女が再び事件に向き合おうという気持ちになったのは、お兄さんの保険金の使い道について考えはじめたからだそうです」

「保険金？」

「明久さんは生命保険に入っていたんだそうですよ。彼の死後、結構な金額の保険金が下りました。しかし明日美さんは今まで、そのお金に一切手を付けなかった。お兄さんが遺《のこ》してくれた大切なお金だからとね。それを今になって使おうと思いはじめた。自分自身の結婚資金として」

「結婚……まさか相手は？」

「阿部照信です」

　西塚は厳しい表情になった。

「明久さんの幼馴染みである阿部は、明日美さんにとっても長い付き合いのある男性でした。そしてずっと前から彼のことを慕っていたんだそうです。明久さんの死後も阿部は何くれとなく彼女のことを気遣い、支えてくれたと言っていました。明日美さんは真剣に彼のことを愛し、結婚したいと思っていたようです。

　明日美さんは阿部のことを話すとき、とても幸せそうでした。それなのに……あ、いや、それはともかく、明日美さんは阿部との結婚を考え、そのために明久さんの遺した保険金を使おうと考えた。しかしそのとき、自分の中であの事件が完全に解決していないと感じた。それであらためて自分なりに事件のことを調べ直してみた。そんな中で彼女の中に他殺説が芽生えた、ということです。

　彼女が他殺を疑ったもうひとつの理由は、事件を調べ直してみる中で関係者の現在の様子を知ったからでした。遠藤万智男さんは今、結婚して東京に住んでいます。その結婚相手というのが森崎泉さんなんだそうです」

「明久さんの恋人だった森崎泉と？」

「明日美さんはその話を、双海晴香さんから聞きました。双海さんは今でも名古屋にいて、彼らのことをいろいろと話してくれたそうですよ。なんでも明久さんの死後、落ち込んでいる森崎さんを遠藤さんが慰めているうちに、そういう関係になったんだとか。気が付くと双海さんは除《の》け者にされていて、彼らは結婚してさっさと名古屋を出ていったそうです」

　西塚はそこまで話すと、ファイルを手許に引き寄せ、捲り返した。

「遠藤さんと森崎さんが名古屋を出ていったのは、どちらかが明久さんを殺したからだ、と明日美さんは言っていました。罪の意識に耐えかねて逃げていったんだと。私は正直なところ、あまり信じられませんでした。事故として処理されているわけだし、逃げ出す必要もないですからね。しかし明日美さんは真剣に、あのふたりをもう一度取り調べてほしいと訴えていました。もう少しその話に真剣に耳を傾けていれば、と思います。そのことが明日美さんの死と、どういう関係があるのかはわかりませんが」

西塚はファイルを閉じる。

「私の話、お役に立ちましたか」

「ええ、ありがとうございました」

景子は言った。

「これで事件の輪郭は摑めました」

4

「もう、お腹の具合はいいの？」

「大丈夫大丈夫。ばっちり回復したわ。それより朝も昼も食べなかったから、お腹ぺこぺこ。お願い、すぐに食べさせて」

妻の懇願に新太郎は用意していた料理を並べる。

「まだ本調子じゃないと思うから、今日はこれで我慢してよ」

温かいうどんに鶏ささ身をほぐしたものをトッピングしてある。他に豆腐の玉子とじとチンゲンサイのおひたしが添えられていた。

「もっとがっつりしたものでも大丈夫なんだけどな」

そう言いながら景子はうどんを啜る。

「……あ、このお汁《つゆ》、美味しい。上品な味ね。柚子《ゆず》が利いてるわ」

「あんまり醬油辛いものはまずいかなって思ってね。出汁《だし》を少し濃いめに取ってみたんだ」

「なるほどなるほど」

景子は頷きながら、うどんを平らげた。汁も最後のひと滴《しずく》まで飲み干す。もちろん副菜も全部食べてしまう。

「あー、美味しかった！　今度はこのお汁で天ぷらうどん食べたいな」

「それはまた今度ね。それで、昨日言ってた黙秘してる彼、今日はどうだった？」

「相変わらずよ。一言も喋らないわ。これじゃ送致もできないわよ。ほんと、面倒な奴」

「かなりの頑固者だね」

「そうなのよ。困っちゃう」

むくれる妻の顔を見て、新太郎は思わず微笑む。

「それで、例の眠れる殺人のほうはどうだった？」

「あ、それそれ。いろいろと情報を仕入れてきたわよ。聞きたい？」

「うん、まあ」

「じゃ、教えてあげる」

景子は西塚から聞いた話を夫に伝えた。

「──というわけでね、こっちもよくわからない話なの。本当に増田明久が殺されたのか、それとも事故だったのか」

「たしかに、どっちとも言いがたいね。もしも故意だったとすると、ボートに穴を開けるのは誰にでもできたのかな」

「尖ったものでこっそりつつけばいいんだし、難しくなかったと思うな」

「そうだね。でも遠藤さんにせよ森崎さんにせよ……うーん……」

「どうしたの？」

「いや、どうも気に入らないんだよね。明日美さんの考えかたが」

「考えかたって？」

「彼女は恋人を取られた遠藤さんか、二股をかけられた森崎さんが明久さんを殺したと言ってたんだよね。でも、この考えってちょっと歪《いびつ》だよね。どうしてこんなふうに考えたのか。もっと単純な考えもあったのに」

「単純？」

「明久さんの死後、遠藤さんと森崎さんは結婚したんだよね。もしも、このふたりが明久さんが生きているときから関係があったとしたら？」

「あ、それはわたしも思ったの。そうだとすれば、もしかしてふたりの共犯だった可能性もあるなって」

「でしょ。ふたりが結婚したと聞いたら、真っ先にその可能性を考えると思うんだよね。でも、明日美さんはそう考えなかった。あるいは思いついたとしても、その考えは捨ててしまった」

「どうして？」

「たぶん殺人の動機としては、ちょっと弱いからだよ。もしもふたりが好き合ってたんだとしたら、明久さんのことなんか捨ててふたりで幸せになればいいことでしょ。わざわざ殺さなきゃならない理由がないもの」

「……あ、そうか」

「明日美さんは、どうしても遠藤さんか森崎さんが犯人であってほしかった。だから無理矢理動機をひねくりだした。つまり……」

新太郎は、不意に黙り込んだ。顎を掻きながら、一心に何かを考えている。

景子は何も言わず、夫が考えをまとめるのを待った。

「そういうこと、なのかなあ……」

新太郎が呟く。

「どういうこと？」

すかさず景子が訊き返す。

「明日美さんは遠藤さんか森崎さんが犯人であってほしかった。なぜなら、他の人間が犯人だと思いたくなかったから」

「他の人間……」

景子はおうむ返しに呟く。次の瞬間、その表情が変わった。

「……わかった！　阿部だわ」

テーブルを、どん、と叩いた。

「阿部がボートの空気を抜いたのよ。彼が犯人なんだわ。明日美さんはそのことに気付いてた。でも愛しているひとが兄を殺したと思いたくないから、他の人間を犯人だと思いたかったのよ。きっとそうだわ。そして阿部は明日美さんが過去の事件を蒸し返すことで自分の罪が暴露されることを恐れて、彼女を殺したのよ」

新太郎は何も言わなかった。まだ顎を掻きつづけている。景子はそれが気になった。

「わたしの考え、間違ってる？」

訊いてみると、

「僕も、同じことを考えたよ」

新太郎は答えた。

「動機はわからないけど、阿部が明久さんを殺した。そして明日美さんが事件をほじくり返すことを恐れて彼女を殺害した」

「やっぱり！　それで話の筋が通るわね」

景子は意気揚々と言う。しかし新太郎は首を振った。

「いや、通らないよ。明日美さんの心理として、それはおかしい」

「どうして？」

「彼女が阿部を犯人だと疑っていて、しかもそれを隠したかったのだとしたら、警察に訴えたりしないはずだよ。もともと事故として処理されてることだもの。わざわざ眠ってる殺人を起こす必要はない」

「あ……そうか……」

景子は自分の額を叩いた。

「じゃあ、どういうことなのかしらねえ……ああもう、わかんなくなったわ」

髪を掻きむしる景子に、新太郎は言った。

「明日、双海晴香さんに話を聞いてみたらどうかな？」

「双海晴香に？　どうして？」

「明日美さんの気持ちを推し量るのに、彼女の話が重要な気がするんだ。ま、ただの勘だけどね」

「わかった。明日、生田に調べさせるわ。それにしてもねえ……よくわからない事件だわ」

言いながら景子は、仕事場から持ち帰ってきたバッグを引き寄せる。中からひとつのファイルを取り出した。

「もう一度、これを読み直してみようかしら」

「それは？」

「住民サービス課の西塚主任が明日美さんの訴えに基づいて作っていた資料よ。明日美さんの陳情書や当時の捜査資料の写しとか、新聞記事とかが綴じられてるの」

「新聞記事って、明久さんの事件の？」

「そう、見てみる？」

景子はファイルを開いて綴じられている記事を探し出した。

「これよ」

新太郎は景子の隣に座ってファイルを覗き込んだ。

「写真が載ってたんだね。ふうん……」

それきり、新太郎は動かなくなる。

「記事、読んでるの？」

問いかけてみても、返事はない。

「どうしたのよ？」

やはり無言だ。見ると真剣な表情で記事を見つめている。

やがて、小さく呟いた。

「……まさか」

「何？」

返事もせず、新太郎は立ち上がる。ダイニングを出ていったかと思うと、しばらくして戻ってきた。その手にはルーペが握られている。

「ちょっと、それ貸して」

渡されたファイルにルーペをかざし覗き込む。

景子は夫の奇矯《ききょう》な振る舞いを、ただ見つめているばかりだった。

5

その翌日のこと。

いつものように帰宅した景子は、いつもと違う我が家の様子に驚いた。

「これ、なに……」

リビングに巨大な黄色いものが横たわっているのだ。

「あ、お帰り」

新太郎は妻に声をかけながら、何か蛇腹《じゃばら》状のものをしきりに踏んでいる。

ぷしゅー、ぷしゅー。

気の抜けた音がしていた。

「夕飯、ちょっと待ってね。実験が終わったら用意するから」

「実験って……これ、何なの？」

「バナナボート」

「え？」

あらためて眺めてみる。言われてみると、たしかにバナナボートだ。あまりに場違いな場所に出現したので、わからなかったのだ。

「これ、どうしたの？」

「買ってみたんだ。明久さんが乗ってたのと同じやつ。簡単に見つかってよかったよ。一度自分で確認してみたくてさ……よし、これでいいかな」

新太郎は足踏みを止めた。どうやら空気を入れるポンプだったようだ。

巨大な二本のバナナが、ぱんぱんに体を膨らませていた。その間に人の乗るスペースがある。

「せっかく買ったんだから、今度これを持って海に行こうか」

「あ、いいわね。最近新太郎君と一緒に海なんか行ってないから。今度のお休みに行きましょうよ」

「よし、じゃ海水浴は決定」

新太郎はにっこり微笑むと、テーブルに置いていたアイスピックを手に取った。そして躊躇《ためら》いもなくその先端をボートに突き刺す。

「わっ、何するの!?　駄目になっちゃうじゃない！」

「開けた穴は補修するから大丈夫だよ。それよりさ、双海晴香さんのほうはどうだった？」

「どうもこうもないわよ」

景子はバッグを放り出すとソファに腰を下ろす。

「気になったからわたしも生田と一緒に会ったんだけど、最初から最後まで遠藤万智男と泉夫妻への恨み辛《つら》み呪詛の連続。聞いてて哀れになってくるほどだったわ」

「そんなにふたりのことを恨んでるの？」

新太郎も隣に座った。長い間ポンプを踏んでいたせいか、少し息が荒い。

「ええ、晴香は今でも独身で親と一緒に暮らしてるんだけど、森崎泉が遠藤を奪ったことを今でも許してないわ。遠藤が自分を選んでくれたら、今頃東京にいて、口やかましい親とも離れていられたのにって。今の自分の不幸のすべては彼らふたりのせいだと思ってるみたい」

「そういうのって、ちょっと気の毒だね。自分の境遇を誰かのせいにして恨んでるだけなんて」

「そうね。わたしも思わず『過ぎたことをぐだぐだ言ってないで前を向け』って言いたくなったくらい。言わなかったけどね」

「その恨み辛みを明日美さんにも話したんだろうね」

「ええ、同じことを言ったって。で、明久さんを殺したのも遠藤か泉のどっちかだって断言したわ。自分が明久さんに惚れられて、それを許せなかった泉か、恋人を取られた遠藤が逆上してボートに穴を開けたって」

「やっぱりね。明日美さんの意見は彼女自身のものではなくて、晴香さんが吹き込んだものだったんだ」

「晴香の勝手な妄想ってことね。彼女に言わせると、阿部が明日美さんを殺したのも、遠藤たちの差し金なんだそうよ。自分たちの犯罪がばれないように、阿部に依頼して殺したんだって」

「それはちょっと信憑性がないなあ。それとも何か証拠でもあるのかな?」

「そんなものはないってさ。ただ阿部という男は得体が知れないからって。何考えてるかわからなくて、ただいつも明久さんと一緒にいて、すごく仲が良かったそうだけど」

「明日美さんとの関係については、何か言ってた？」

「明日美さんの一方的な片思い。十年前からだって」

新太郎が立ち上がる。見るとバナナボートの片方が萎みかけていた。

「ふうん……あ、そろそろだな」

「なるほど、そうか……」

萎んだほうを手で押しながら、新太郎はしきりに頷いている。

「何がなるほどなの？」

「意外に早く空気が抜けるんだよ。それが確かめたかったことの一点。もうひとつが……」

今度は萎んでいないほうのバナナの弾力を手で確かめる。

「こちらは全然空気が抜けてない。思ったとおりだ」

「どういうこと？」

「このボート、ふたつのバナナは独立しているんだよ。それぞれに空気を入れなきゃならない。逆に言うと、片方に穴が開いていても、もう片方は萎まない。昨日見せてもらった新聞記事の写真でも、バナナの形がはっきりと写ってたでしょ。明久さんが乗ってたボートも片方のバナナだけに穴が開いて萎んだんだよ」

「それから、何が言えるの？」

「導き出される結論はひとつ。あまり気持ちのいいものじゃないけどね。僕が考えているとおりだとしたら」

新太郎は少し暗い表情を見せる。

「ひとの人生って、少しばかり辛いものだなあ、と思うよ」

6

朝の取調室の窓から、陽が差していた。

阿部照信は連行されてきたときと同じような表情で、椅子に腰かけている。少し髭が伸びてきているが、あまり気にしてもいないようだ。

向かい合う椅子に座った京堂警部補も、表情を変えていない。その視線を阿部に向けている。

同席している生田だけが、どこか落ち着かなげに視線を彷徨《さまよ》わせていた。

「実験をしてみた」

景子が言った。

「増田明久が乗っていたのとおなじボートにアイスピックで穴を開けてみたんだ。五分で穴の開いたほうが萎んだ。この意味がわかるか」

阿部が無言を返した。景子は続ける。

「浜辺でボートに穴を開けた状態で海に出ても、沖合に出るまでに萎んでしまう。乗っている人間が気付かないはずはない。つまり、ボートは沖に出てから穴を開けられた。

さらにもうひとつ。明久が乗っていたボートは片方だけ空気が抜かれていた。もう片方は無事だった。ならばボートとしての役には立たなくなったとしても、無事なほうにしがみついていれば溺れるようなことはなかったはずだ。なのに明久は溺れて死んだ。なぜだ？」

阿部はやはり、答えない。

「わたしが出した結論を言おう。明久は事故で死んだのではない。殺されたのでもない。自ら命を絶ったんだ」

そのとき、初めて阿部の表情に変化が起きた。口許が緩み、眼が細くなる。

微笑んだのだ。

「明久は何か尖ったものを持って沖合に出た。そしてボートに穴を開け、使った道具は海に捨てた。その後で自ら海に飛び込み、ボートのトラブルで死んだように見せかけた。一ヶ所だけ開ければボートは沈むと考えたのは彼のミスだった。当時の警察がもっと詳しく調べていれば、彼の意図は見抜けただろう。警察だけでなく、保険会社も」

かすかに、阿部の頭が上下に揺れる。頷いたように見えた。

「彼の目的は、自分の死によって下りる保険金だった。それを妹の明日美に遺すことが動機だ。おまえは、そのことを知っていたんだろう？」

景子は口を閉ざし、相手の反応を待った。

ふ、と阿部は息を吐いた。

「……前の晩、あいつが言ったんだ」

それは景子が初めて聞く、阿部の声だった。

「『俺が死んだら、妹を留学させることができる』って。その意味が、俺にはすぐわかった。次の日、あいつが海で溺れたとき、ああやっぱりって思った。あいつは計画どおり、事を運んだんだ」

「自殺することに気付いていて、どうして止めなかった？　友達じゃなかったのか」

「友達だったさ。だから止めなかった。俺はあいつのこと、小さい頃から知ってる。あいつの両親が死んで、祖父《じい》さん祖母《ばあ》さんのところに引き取られたときから。あいつは、自分も親と一緒に死ぬべきだったと思ってた。自分が生きているのは間違いなんだと思ってた。そして、そのことを俺にだけ話してくれた。だから小さい頃から、俺にはわかっていた。あいつはいつか、行ってしまうと。でも、すぐには行かないことも知ってた。あいつは妹のことを、とても可愛がってたから。

あいつの祖父さん祖母さんは、善人だった。でも孫たちのことを真剣に考えてやる余裕はなかった。あいつは妹のために何かができるのは自分だけだとわかっていた。だから死ぬときは、妹のために死のうと考えていた。

あの夏の日、あいつはずっと夢見ていたとおり、妹のために死んだんだ。

でも、妹は、明日美はあいつが思っているほどあいつのことを知らなかった。兄貴が命懸けで作った金を一円も使わず、あいつが望んでいた留学もしなかった。明日美はそれがあいつのためだと思ったのかもしれない。でも間違いだ。明日美はあいつの期待を裏切ったんだ」

静かな取調室に、阿部の声だけが響く。

「俺は正直、明日美のことが嫌いだった。あいつの命を奪った人間だとさえ思っていた。そう、俺はあの女が嫌いだった」

「付き合っていたのではなかったのか」

「明日美が一方的に、そう思っていただけだ。俺は別に、そんなつもりはなかった。本当なら近くにいたくもなかった。でも……」

そのとき初めて、阿部の言葉が滞った。

「……でも、明日美は、あいつにそっくりだった。苛立たしいくらい、そっくりだった。だから無下《むげ》にできなかった」

「彼女は、おまえと結婚するつもりだった」

「らしいな。ひとりで勝手に盛り上がって、結婚式だのなんだのと、はしゃいでいた。俺はあの女に調子を合わせておいた。ぎりぎりまで待って、最後の最後で裏切ってやるつもりでいた。花嫁衣装のあの女を捨ててやったら、心の底からせいせいすると思っていた。

しかしあの女は、結婚の前にすることがあると言い出した。それが、あいつの死の真相を調べることだった。誰に吹き込まれたのか知らないが、あいつが誰かに殺されたと言いだした。犯人を見つけ出すと。

何にもわかってない。そう思った。自分の兄貴の気持ちなんて、これっぽっちもわかってない。それどころか、まるで見当違いなことを言い出して、騒ぎだした。

もう駄目だと思った。これ以上、我慢できない。あんな女に、あいつの高潔な思いを汚されるのは真っ平だ。だから、あの女を殺した」

「そんな理由で……」

調書を取っていた生田が、思わずといった様子で言った。そして景子の視線に臆するように眼を伏せた。

「そう、そんな理由だ」

阿部が返した。さっぱりとした口調だった。

「明日美さんに真実を話すつもりは、なかったのか」

景子が尋ねる。阿部はまた微笑んだ。

「そんな無駄なことは、しない。それにこのことは、俺とあいつだけの秘密にしておきたかった。あいつは、俺にだけ話してくれたんだから」

「でも、こうしてすべて供述した。心境の変化か」

「そうじゃない。あ、いや、そうかな」

阿部は座り直し、景子の視線を真正面から受け止めて、言った。

「刑事さん、あんたの眼が思い出させた。似てるんだよ、あいつに」

景子は、その言葉について何の論評もしなかった。代わりに言った。

「生田、ちゃんと調書は取っているか」

「あ……はい」

「わかった」

ひとつ頷くと、その前の容疑者に向き直った。

「話を続けようか。最初から、じっくりとだ」

7

警官は、その知らせを昼飯時に聞いた。

「あの男、おまえに自首してきた奴な、やっと何もかも話したそうだ」

話してくれた同僚は、その話を所轄署で聞かされたという。

「県警の京堂警部補が自白させたんだと。さすが氷の女王だよな」

警官は複雑な気持ちで同僚の言葉を聞いた。

あの男がずっと黙秘しているのは知っていた。それで捜査が進まないでいたことも。

警官は妄想していた。もしも自分があの男の口を割らせることができたら。県警の刑事を出し抜いて真相に迫ることができたら、と。

実際は彼も、喋らない男に為す術《すべ》もなかった。なのに、いや、だからこそ、妄想は膨らんでいた。

それも、もう終わりだ。

警官は出前の台湾ラーメンを思いきり啜った。挽き肉やニラ、もやしなどを唐辛子を利かせて炒め、ラーメンに載せた名古屋では馴染みのメニューである。

唐辛子の辛さが舌をひどく刺激した。

そのとき、警官は思った。「辛《から》い」と「辛《つら》い」は、どうして同じ字を書くのだろう、と。

そして、あの男のことも思い出した。

彼は、辛かったのだろうか。だから、何も話さなかったのか。それとも……。

「おい、何ぼけっとしてる。ラーメンが伸びるぞ」

同僚に言われ、我に返った。

ふと、同僚に問いかけてみた。

「なあ、人生って辛《から》いのかな？　辛《つら》いのかな？」

「……何言ってるんだ、おまえ？」

怪《け》訝《げん》な顔をされた。

「いや……いいんだ」

警官はそう言ってラーメンを啜った。

やはり辛かった。

六品目——不完全なバラバラ殺人にバニラの香りをまとわせて

1

愛知県豊田市、県道に挟まれた丘の上に、その建物はあった。

三十年前に内科と小児科の病院として建設されたものだが、一年も経たずに廃業したという。あまりに不便な立地だったので経営が成り立たなかったというのが理由らしいが、放置された建物が荒廃していくにつれて様々な〝伝説〟が語られるようになった。

たとえば——院長夫人がここで心臓の手術を受けたのだが、院長の愛人だった看護師がわざと失敗して夫人を死なせてしまった。それ以来不可解な医療事故が続いて病院を閉めざるを得なくなった……。

あるいは——入院していた子供が屋上から転落して死亡し、その子の亡霊が窓に映るようになって入院患者が怯え、ついに誰もこの病院を利用しなくなった……。

または——病院に勤めていた腕のいい医師がじつは殺人鬼で、医療事故を装って何人も患者を殺していたのだが、後に自分が殺した者たちの怨霊に祟《たた》られて自分の体を切り刻んで死んだ……。

などと、ありがちな噂話には事欠かない。物見高い連中の興味を引くのは当然のことで、肝試しと称して廃病院へと足を踏み入れる者は跡を絶たなかった。

その日、車で病院前に乗り付けた若者四人組も、そうした物好きな野次馬の代表例だった。

九月も中旬を過ぎ、夜になると日中の暑さは影をひそめ、虫の声が寂しげな旋律を奏でている。

車を降りた四人はガラスが粉微塵《こなみじん》に割れている玄関ドアを潜り、中に入った。時刻は午後十一時を回り、周囲は闇に閉ざされている。彼らの持つ懐中電灯の明かりだけが、切り裂くように闇を剝《は》いでいた。

「意外にしっかりした建物じゃん」

そう言ったのは津田西紀《つだにしき》二十歳。名古屋の私立大学に通う学生だった。後に警察から尋ねられたとき、自分が廃病院に行こうと言い出したのだと話した。

「もっとボロボロになってるかと思ったけどな」

「充分ボロボロよ」

気味悪そうに言ったのは新山桃子《にいやまももこ》十九歳。同じ大学に通う津田のガールフレンドだった。

「落書き、すごいわね」

明かりに照らされた壁面を見て感心したように言ったのは、田中美穂《たなかみほ》十九歳。同じく大学生で桃子の友人。

「中の壁にもびっしり書いてあるぞ」

と言ったのは小野福士《おのふくし》二十一歳。他の三人の先輩で、彼だけが前に一度この病院を訪れたことがあり、その話をしたことが今回の〝冒険〟のきっかけだったという。

その福士の先導で、四人は病院の奥へと進んだ。受付ロビー、廊下、階段、病室と、荒廃した建物の中を見て回る。どの階も窓ガラスはすべて割られ、壁はどこも野次馬たちが描いたと思われる落書きに埋めつくされていた。足許は割れたガラスや何かの残骸が散らばり、ひどく歩きにくい。四人はひとかたまりになって進んでいった。

「たいしたこと、ないな」

西紀が言った。

「全然、怖くない」

そう言う声は、少し上擦《うわず》っている。

「そんなことないよ。怖いよ」

西紀にしがみついている桃子は、か細い声で言った。

「でも幽霊、出ないね」

美穂が言う。

「つまんないな。ほんとに出るの？」

「幽霊が出る場所は決まってるんだ」

福士が言った。

「こっちだ」

懐中電灯を持つ彼の案内で一階に戻る。長い廊下を進み、その先にあるドアに向かった。

「あそこ、霊安室」

「ほんと？　わかるの？」

「わかるさ。外へ遺体を搬出できるようになってるし、車寄せもある。俺のとこと同じだ」

福士は名古屋にある病院の院長の息子なのだった。

「噂によると、あの霊安室に幽霊が出るらしい。医療過誤で死んだ女の霊だってさ」

世間話のように言いながら、福士は先頭に立って廊下を進む。

「この前のときは、幽霊見たの？」

美穂が尋ねると、

「いいや」

福士はあっさり言った。

「見られなかったから、再挑戦したいと思ってたんだ。いい機会だよ」

部屋の前に来た。

「新山、開けろよ」

福士に言われ、桃子は首を振る。

「やだよ、やだやだ。先輩開けてよ」

「臆病だな。じゃあ田中は？」

「わたしもやだ」

「そうか。じゃあ……」

「俺ですか」

西紀が応じた。

「しかたない。やります」

そう言いながら、彼はドアノブに手をかけた。が、

「ん？」

そのままの姿勢で西紀が言う。

「何か、匂わないか」

「匂い？　何の？」

「なんか……甘い匂いがする」

「そう？　わたし、アレルギーで鼻が駄目になってるからわかんない」

と美穂。

「……あ、わたしわかる。甘い匂いがする。なんだか……バニラみたい」

桃子は言った。

「バニラ？　誰かアイスクリームとか食べたのかしら？」

「わからんな。とにかく開けるぞ」

西紀がドアを開けた。

中に入ったとたん、四人は一斉にその匂いに気づいた。

「バニラだな」

「うん、バニラ」

福士が手にしている懐中電灯で室内を照らした。

「あんまり広い部屋じゃないみたいだな」

「霊安室なんて、そんなもんだ。一度に何体も入れるわけじゃないから――」

言いながら福士はあちこちを照らしだす。明かりは天井から壁、そして床へと移動した。

「やっぱり幽霊なんてい――」

福士の声が途切れた。床を移動する光の中に、何かが浮かび上がったのだ。

「今、何かいた！」

美穂が叫んだ。

光が戻る。壁際の床を照らしたとき、そこに見えたもの。

四人は一斉に悲鳴をあげた。

2

闇に沈んでいた廃病院は、いくつもの照明にその身を曝《さら》け出すこととなった。

豊田署の刑事と鑑識員が行き来する中、霊安室周辺は病院が現役だった頃でさえなかったような賑《にぎ》わいを見せている。

愛知県警の車が到着したのは、そんな最中のことだった。

車から降りた生田《いくた》刑事は問題の建物を見るなり、

「うわあ……マジかよ」

と声をあげた。

「典型的な心霊スポットだ」

「なんだおまえ、幽霊が見えるタイプか」

後から降りてきた間宮《まみや》が訊《き》く。

「いえ、そんなことないですけど、でも、なんかいそうじゃないですか」

「そりゃ、おるかもしれんな。トイレで泣く子供の霊とか、廊下を這い回る婆さんの霊とか」

「あ、それって『病院の怪談』ですね。この前テレビでやってた」

「おまえも観たか。なかなか面白かったな」

「ええ、話は単純だけど演出が凝ってて良かったですよね。特にあの――」

言いかけた生田は、その言葉を呑み込んだ。

背後に幽霊よりも恐ろしい気配を感じたのだ。

「す、すみませんでした」

無意識に背筋を伸ばしていた。

最後に車から降りてきた人物は、そんな彼に身も凍るほど冷たい視線を向ける。

「無駄口は叩くな」

その一言に、生田は心臓を氷の手で鷲掴みにされたような痛みを覚えた。

「行くぞ」

「……あ、はい！」

三人は廃病院の前に立った。手前にいた若い警官が誰何《すいか》する。

「誰だ？」

パトカーから降りてきたのを見ているはずなのに、不躾な問いかけだった。生田は警察手帳を見せた。

「県警捜査一課の生田です。こちらは間宮警部補、そしてこちらが」

生田は小さく咳払いをしてから、言った。

「京堂景子《きょうどうけいこ》警部補です」

効果は覿面《てきめん》だった。豊田方面にも彼女の名前は聞こえているらしい。

「京堂……氷の女王……あ、いや、すみませんでした！」

警官は直立不動になった。景子はそんな彼の前に立つと、一言、

「責任者は？」

「はっ、い、今、呼んできます！」

警官は病院の中へとすっ飛んでいった。

程なくスーツ姿の男がひとり病院から飛び出してきた。

「いや、京堂警部補がいらっしゃるとは。どうも、失礼しました」

最初から平身低頭の体だった。

「私、豊田署の平塚《ひらつか》です。こんなところにわざわざどうも申しわけありませんです」

年齢は四十歳前後、それなりに上背もあるし顔つきも精悍に見えるのだが、物腰が謙虚、というより卑屈に感じられる。これも愛知県警にその名を轟かせる人物を前にしたからなのだろうか。

対する景子は表情も変えずに、

「現場を」

とだけ言った。

「あ、はい。すぐにご案内します」

平塚の先導で三人は病院内に入った。

「足許が悪いので気をつけてください」

現場までの廊下は照明で照らされているが、たしかに様々なものが落ちていて歩きにくい。見るとガラスの破片や廃材だけでなく空き瓶や正体のわからないゴミなども転がっている。

「長い間放置されているうちに、よからぬ者たちが入り込んで悪さをしているようです。どうやら幽霊が出るとか何とか噂も立っているようで」

「やっぱり出るんですか」

生田が訊くと、

「くだらん噂話ですよ。ネットなんかで広まって、暇な奴らが見物に来るようです。今回の通報者も、そういう物見高い連中でした」

廊下を通り、突き当たりの部屋に着く。

「ここです。元は霊安室だったそうです」

平塚の指示で中に入っていた署員たちが出ていく。そうしないと入れないくらい狭い部屋だった。

先に平塚が入り、その後を生田、間宮、景子の順で続く。

「うへ」

先に入った生田が変な声をあげた。室内の惨状を眼にしたのだ。

照明を入れられ全体を照らされた霊安室は、すべての設備が取り除かれた長方形の小部屋だった。入口の正面に遺体の搬出口らしい扉がある他は、薄汚れた壁に囲まれている。

その壁際に、彼女は横たわっていた。

年齢は二十歳前後といったところか。小柄で痩《や》せている。髪は長く胸元近くまであった。この季節にはまだ早いライムグリーンの長袖ブラウスに黒いデニムパンツを身につけている。

しかし体型より服装より先に注意を引くものがある。いや、正確にはなかったのだ、左腕が。

ブラウスの左の肩口が血でべっとりと汚れている。

「殺害後、左腕を切断されたものと考えられます」

平塚が言った。

「殺害後というのは間違いないですか」

生田が訊くと、

「ええ、鑑識はそう結論しています。ちなみに切断に使われたのはこれだと思われます」

指差した先に、大きな鋸《のこぎり》が転がっていた。その歯には、やはり血が付着している。

「で、切断された腕は？」

間宮が尋ねる。

「今のところ、発見されていません。持ち去られた可能性が高いです」

「なるほど、な」

間宮は遺体の前にしゃがみ込み、手を合わせてから検分を始めた。

「……死後丸一日くらい経っとるようだな」

「ええ、詳しいことは解剖の結果を待たなければなりませんが、鑑識の見解でも昨日、九月十九日頃に殺害されたのではないかと言っています」

「死因は……首を絞められた痕があるな」

「それに後頭部にも陥没が。どちらかが死因と考えられます」

その後も間宮が遺体を確認し続ける。その間、景子は霊安室の周囲を見回していたが、

「……この匂い、何だ？」

不意に呟いた。

「匂い、ですか」

生田が鼻を鳴らす。

「……ああ、なんか甘い匂いみたいなのがするかも。何だろうな?」

「バニラだ」

景子が言った。

「たしかにバニラっぽい匂いですな」

平塚が頷く。

「この現場に入ったときから、匂いには気付いておりました。しかし、特に問題とは思えませんが……」

「どうして、そう言い切れる?」

景子が尋ねる。

「それは……いや、まあ……」

彼女の冷たい視線を受けて、平塚はへどもどした。景子は追い打ちをかけるように、

「明確な論拠もなく現場の異常性について考慮しないというのは、愚かな予断でしかない」

と断じる。

「う……」

平塚は自分の胸を押さえた。

「……仰《おつしや》る、とおりです」

「わかったら、すぐに──」

「あの……」

景子の言葉を遮るように、声がした。

見ると霊安室の出入口に鑑識員がひとり立っている。

若い女性だった。瞳が大きく、肌は白かった。小柄でほっそりとした体型なせいか、鑑識員の制服も帽子もいささか大きそうでだぶついて見える。彼女は思い詰めたような表情で室内にいる景子たちを見ていた。

「何だ?」

平塚がうるさそうに訊く。

鑑識員は何か躊躇《ためら》っている様子だったが、意を決したように言った。

「バニラじゃありません」

「何だって?」

「この匂い、バニラじゃないんです。正確に言えば、バニラの匂いの香水です」

「香水? 何でわかる?」

「それは……わたし、知ってますから」

さらに何か言おうとする平塚を、景子の視線が止めた。彼女は女性鑑識員に言った。

「詳しく話せ」

「はい。わたし、香水については少し勉強したことがあるんです。バニラの匂いの香水って結構あります。アクオリナのピンクシュガーとかクリスチャンディオールのヒプノティックプワゾンとかプラダのキャンディとか。他にもたくさん。それぞれ香りにも特徴があって、同じバニラでも違いがあります」

「その違いが、わかるか」

「はい」

「では、この匂いは？」

「トリエントのスイートペイン」

「間違いないか」

「バニラの甘さの中に混じるスパイシーな香りは独特のものです。間違いありません」

鑑識員は景子の強い視線に立ち向かうように表情を引き締め、断言した。

「……わかった」

景子は頷いた。

「他に何か言うべきことはあるか」

「あります。ちょっといいですか」

言いながら鑑識員は霊安室に入ってきた。

「香水の匂いはこのあたりから漂ってきます」

彼女が指し示したのは側面の壁だった。

「それと遺体からも」

間宮がすかさず確認した。

「たしかに匂っとる」

「胸元からもかすかに匂いますが、特に右手付近に強く香りが残っています」

「そのとおりだな。手のあたりの匂いが強い」

「それと被害者は背後から素手で首を絞められています。打撲の傷も後頭部にあります」

「それで、何が言いたい？」

景子が尋ねると、

「被害者はこの壁面を背にした状態で背後から襲われ、首を絞められました。そのとき彼女は抵抗のために持ってきたバッグから香水を取り出し、後ろの敵に振りかけたのだと思います。壁に匂いが着いたのは、そのせいです」

「バッグだと？　そんなものはなかったぞ」

平塚が言う。しかし鑑識員は動じる様子もなく、

「女性が手ぶらで出歩くとは思えません。バッグの類《たぐい》は必ず持っていたはずです。たぶん犯人が持ち去ったのでしょうけど。彼女の胸元にも香りが残っていたことから考えて、この香水は被害者が普段から使っていたものと考えられます。だとしたらバッグに入れていたとしてもおかしくないです」

鑑識員は聴衆の評価を確認するように、言葉を切った。

「続けろ」

景子が言った。

「香水が眼に入れば、かなり痛みます。犯人は被害者の首を絞める手を緩めたと思います。被害者は逃げようとした。しかしそれより早く犯人は再び襲いかかった。今度は足許に落ちていたブロックの破片を持って。それで後頭部を殴られたのが致命傷だと考えられます」

「ブロックの破片が凶器だと断定する理由は？」

「先程、外でわたしが発見しました。血痕が付着していることと形状から考えて、これを凶器と推察することは可能です」

景子は話し終えた鑑識員の眼を見つめた。若い鑑識員は氷の女王の眼差しにたじろぎそうになる。が、ぎりぎりで堪《こら》えていた。

景子は口を開いた。

「おまえの話は憶測だ」

生田は首を竦めた。景子がいい加減な憶測を口にすることを嫌っているのは、彼が一番よく知っていた。余計なことを言えば視線と言葉が氷の刃となって、言った者の心をずたずたに切り刻むだろう。

しかし景子は言った。

「だが、論拠には認められる点もある。その憶測を納得できる推論にできるか」

「できます」

鑑識員は、はっきりと言った。

「よし、頼む」

景子の言葉に、彼女は頷いた。

3

「なるほどねえ、死体発見現場にバニラの匂いか。じゃあ仕方ないなあ」

新太郎《しんたろう》は言った。

「ごめんねえ」

景子は夫に手を合わせる。

「せっかく新太郎君が作ってくれたのに」

テーブルの上には細長く切って揚げ焼きにした食パンが置かれている。香り付けにバニラエッセンスをふりかけたものだ。

「いいよ。もう一度バニラを使わないで作るから」

「あ、そんな面倒なことしなくていいわよ」

「いいからいいから。僕もちょっとばかりバニラエッセンスを入れすぎたかなって思ってたんだ」

そう言って新太郎はパンを盛った皿を手にしてキッチンへと戻った。

「今までもっと凄惨な殺人現場は何回も見てるのになあ。どうして今回は駄目なのかしらね。記憶が鮮明に蘇ってきちゃうのよ」

景子は溜息をつく。すると新太郎はキッチンから、

「それってプルースト効果ってやつじゃないかな」

と言った。

「何それ?」

「マルセル・プルーストの『失われた時を求めて』って小説に、たしか紅茶に浸《ひた》したマドレーヌの香りを嗅いだとたんに幼少期の記憶がありありと蘇ってくるってシーンがあるんだ。そこから名付けられた現象で、嗅覚による刺激はフラッシュバックみたいに記憶や感情を蘇らせるっていうんだよ。他の感覚とは違って嗅覚だけはダイレクトに脳に伝わるとかで、そういうことが起きるみたい」

「へえ、新太郎君って何でも知ってるのね」

「この前、科学エッセイにイラストを付ける仕事があってさ、そのときに知ったんだ。シナモンの香りならいいかな?」

「シナモン? 好き好き」

「じゃ、たっぷりかけるね」

間もなくシナモンの香ばしい匂いが漂ってきた。

「あー、胃袋が待ちきれなくて暴れそう」

「もうちょい待ってよ」

やがて景子の前に一枚のトーストと温めたミルクが置かれた。トーストには一面にシナモンパウダーが振りかけられている。

「夜中だから少しバターは控えめにしておいたからね」

「ありがと。いただきまあす」

景子はトーストにかぶりついた。

「うー、おいしー！」

たちまちのうちにトーストを食べ尽くし、ミルクも飲み干した。

「……やっと生きてる気分になったわ。ごちそうさま」

「どういたしまして。今回も仕事、大変みたいだね」

「そうなの。もうてんてこまいでさあ」

口許についたシナモンの粉をティッシュで拭いて、景子は言った。

「殺されて、腕が切り落とされてたんだよね」

「うん、鋸が残っているところをみると、あの後も遺体を切断してバラバラにしようとしてたんじゃないかって見てるんだけどね。幽霊見たさの野次馬がやってきて発見しちゃったから、途中になっちゃったけど」

「不完全なバラバラ殺人か。で、被害者の身許はわかったの？」

「ええ、最初は身許を示すものが何もなくて苦労するかと思ったけど、意外に早くわかったわ。

豊田市藤岡飯野町《ふじおかいいのちょう》に住んでる平良華菜《たいらかな》二十歳。同じ豊田にある自動車部品メーカーで働いていたわ。一緒に住んでる両親の話によると、十九日に仕事先から一旦帰宅した後、すぐに出かけたらしいの。行き先は言わなかったって。それきり消息を絶ってたの」

「そうやって出かけることは、よくあったのかな？」

「ここ三ヶ月くらいは、ときどきあったらしいわ。帰ってくるのは深夜になってから。母親が心配して何をしているのか訊いたけど、答えてくれなかったって」

「交遊関係は？　会社での友達とか」

「あんまり人付き合いはよくなかったみたいで、特に友達と言える人間も会社にはいなかったみたいなの。同じ課の同僚ともあまり話さなかったようね。今年の春頃に社員旅行で蒲郡《がまごおり》の温泉に行ったらしいんだけど、彼女だけは温泉にも入らずに部屋でひとりきりでいたんだって」

「ふうん……」

新太郎は自分のために注いだ焙《ほう》じ茶を啜《すす》りながら、妻の話を聞いていた。

「そういえば、さっきのバニラの話だけど、華菜さんがバニラの匂いの香水を持っていたのは確認されたの？」

「ええ、これも同僚の証言からわかったわ。いつもバッグに入れてたって。香水の名前がトリエントのスイートペインだってこともわかったの。彼女の読みが当たったわ」

「彼女？」

「鑑識に香水に詳しい女性がいたのよ。彼女が現場で匂いを嗅いで、香水の名前を当てたの」

「そいつはすごいな」

「それに華菜さんが襲われたときの位置関係や抵抗して香水を振りかけたって推理も、壁面の調査で証明されたわ。なかなか眼力のある子よ。鑑識にしておくのが惜しいくらい。うちの課に入れてもらえないかな」

「景子さんがそれだけ褒めるんだから、たいしたもんだね。それにしても……」

不意に新太郎が考え込む。

「どうしたの？」

「いや、不意に気になったことがあってさ。たいしたことじゃないかもしれないけど……」

「何なの？　もったいぶらないで教えてよ」

「別にもったいぶってなんかないよ。僕が気になったのは、どうして華菜さんの腕が切り落とされていたかってことなんだ」

「だから、バラバラにして処分しようとしたんじゃないの？」

「そうかもしれない。でも、だったらなぜ腕からなんだ？」

「それってどういう――」

景子が質問を続けようとしたときだった。ソファに置いてあった彼女のバッグから着メロが鳴り響きはじめた。

「こんな時間に何なのかしら」

面白くなさそうな表情で立ち上がり、バッグから携帯電話を取り出す。

「生田からだわ。何なのよもう……もしもし？」

不満そうに電話に出る。だが電話の向こうの相手と話をしている間に、彼女の声音が変わってきた。

「それ、本当か……そうか。よし、わかった。今から行く」

電話を切った景子の表情が硬い。

「どうしたの？」

新太郎が訊くと、

「小野福士が殺されたって」

「小野？　誰？」

「華菜の遺体を見つけた四人の大学生のひとりよ」

「え？　どうして？」

「わからないわ。とにかく行ってくる」

バッグを持ち、景子は玄関に向かいかけた。が、思いついたように立ち止まって、

「それでね」

「え？」

「小野の死んでた現場だけど、バニラの匂いがしてるんだって」

4

名古屋市昭和区隼人町《はやとちょう》、地下鉄いりなか駅の南側に位置する住宅街、その中に建つ古い木造アパートの一室で、小野福士の遺体は発見された。

「深夜に帰宅した隣人が半開きになっているドアを不審に思って覗いてみたところ、被害者が床に倒れているのを発見したそうです」

昭和署の富永《とみなが》という刑事が景子に報告した。

景子は黙って視線を床に向ける。小野福士は仰向けの状態で倒れていた。着古した青いTシャツにグレイのショートパンツといった服装だが、Tシャツの胸のあたりは血に染まっていた。

「刺し傷は確認できるだけで一ヶ所のみ、凶器は流しにあった包丁と考えられます」

シンクに刃渡り二十五センチくらいの万能包丁が転がっている。刃と柄に血がべっとりと付いていた。

「指紋も、べっとりと付いていとりそうだな」

間宮が言う。

「あんまり賢い犯人ではないみたいだわな。それにしても……」

鼻に皺を寄せた。

「この甘ったるい匂い、なんとかならんかな」

「豊田の事件と同じですね」

と、生田。

「また何とかって香水でしょうか」

「違うな」

景子が即断した。

「同じような匂いだが、違う。これは正真正銘のバニラだ」

彼女の見解は、程なく証明された。ごみ箱からまだ中身の入っているバニラエッセンスの小瓶が発見されたのだ。蓋は開いたままになっていた。

「匂いの正体は、これだ」

「しかし、なんでそんなものが……」

富永は首を捻《ひね》った。

「その豊田で起きた殺人事件と、どんな関連があるんですか」

「今はまだわからない」

景子は言った。

「だが、無関係とは思えない」

彼女はキッチンの冷蔵庫や流しの下の引き出しなどを調べはじめた。

「被害者はこのアパートに独り住まいをしているんだな?」

「冷蔵庫は飲み物だけ。塩や醬油といった調味料さえ置いてない。小野が料理をしなかったことは間違いないだろう。では、どうしてバニラエッセンスがここにある？」

「はい」

景子は確認するように、生田に視線を向けた。

「……犯人が、持ち込んだんでしょうか」

生田はおずおずと答える。

「そう考えられるな」

景子が頷くと、彼は安堵の息を吐いた。

「問題は、なぜこんなものを持ってきたか、だ」

そう言いながら景子はキッチンの周辺を見て回った。そして流しの脇に眼を止める。

「これは何だ？」

みると血染めの包丁が転がっている近くに、白い粉が少量落ちている。

「まさか、ヤクかな？」

間宮が隣から覗き込む。すると近くにいた鑑識員が、

「あ、それ、小麦粉です」

と答えた。

「小麦粉？　間違いないか」

「薬物かもしれないと思って確認しました。間違いありません」

さらに調べてみると、ゴミ箱に玉子の殻も見つかった。

「小麦粉に玉子にバニラエッセンスか。菓子でも作ろうとしとったのかな?」

間宮が首を捻る。

「しかし、キッチンの備品を見る限り小野にはそんな趣味はなかった。となると……生田」

「はい」

「豊田での事件のとき、小野の他にいた学生たちの名前と連絡先は記録しているな?」

「あ、はい」

「すぐに確認しろ」

景子の指示に生田はすぐに動いた。残る三人の学生に電話を入れたのだ。その結果、津田西紀と新山桃子はふたり一緒に東京ディズニーランドに遊びに行っていることがわかった。しかし田中美穂だけは連絡が付かなかった。

「教えられた携帯番号にかけても応答がありません」

「彼女の家には?」

「母親が出ましたが、帰っていないそうです。そんなに遅くはならないと言っていたそうですが」

「どこに行くとか、親には伝えてなかったのか」

「言わなかったそうです。ただ……」

「ただ?」

「家から泡立て器やボウルを持ち出しているそうです。何をするつもりなんでしょうね？」

景子の表情が険しくなった。

「生田、本気で言っているのか」

「え？」

「これほど明白なことがわからないのか。今すぐ荷物をまとめて田舎に帰るか、それが嫌なら田中美穂を探し出せ」

「あ……はい！」

生田は顔色を変えてすっ飛んでいった。

富永が訊いた。

「その、田中美穂というのが犯人ですか」

「わからない。だが、彼女から話を聞かなければ――」

そのとき、景子の携帯電話が鳴りはじめた。

景子はディスプレイに表示された文字を確認すると、

「ちょっと外に出る」

とだけ言って現場のアパートを離れた。

人気《ひとけ》のない路地に入ると、彼女は電話を開く。

「もしもし、どうしたの？」

――ごめん、仕事中に電話しちゃって。でも、どうしても言っておきたいことがあってさ。

「なに？」

——華菜ってひとの腕だけが切り取られていた意味だよ。

そう言うと新太郎は、妻に自分の考えを話しはじめた。

5

田中美穂は意外に早く発見された。

昭和区明月町《めいげつちょう》にある彼女の自宅に向かっていた捜査員が、地下鉄御器所《ごきそ》駅付近で佇《たたず》んでいる女性を発見して職務質問したところ、自分が田中美穂であることを認めたので保護、近くの交番で話を聞いたところ、小野福士を殺害したことを認めた。

彼女の自供によると、福士とは半年前から交際をしていたという。しかしそのことは秘密にしておくようにと彼から口止めされていた。

理由は彼の母親にあった。ひとり息子のことを溺愛しているという彼女は、親の束縛から逃れようと独り暮らしを始めた息子に対して、あれこれと干渉してくることが多かったという。もしも彼が誰かと交際していると知ったら、何をし始めるかわかったものではない。だから当分は誰にも知られないようにしたい、というのが福士の言い分だった。美穂はそれに従った。親しい桃子にも知られないようにしていた。

会うのはもっぱら福士のアパートで、外に出歩くこともなかった。そんな交際を美穂は不満に思わないでもなかったが、福士にも事情があるのだからと我慢していた。

しかし先月あたりから風向きが変わってきた。福士の周辺に別の女性の存在を感じるようになったのだ。

具体的に何かあったわけではない。服装の好みが変わってきたとか、会いたいと言っても都合が悪いからと断られることが何度かあったとか、そういうことの積み重ねが疑念を抱かせたのだ。しかし証拠もないので追及はできなかったし、福士にうるさい女と嫌われるのも耐えがたかった。だから黙っていた。

西紀や桃子と一緒に廃病院に出かけて遺体を発見した夜、怯えた美穂は一緒にいてほしいと福士に懇願した。しかし彼は受け入れてはくれなかった。こんなときでさえ、と初めて彼に怒りを覚えた。

それでも福士を諦めきれなかった美穂は、彼を繋ぎ止めるための方法を考えた。桃子が手作りの料理で西紀の心を射止めたと自慢していたのを思い出し、自分も福士のために料理を作ろうと考えた。ホットケーキが彼の好物であることは知っていた。よし、それを作ろう。

調理道具と材料を持って部屋を訪れた美穂を、福士は当惑気味に迎え入れた。しかしホットケーキを作るからと言うと、素直に喜んでくれた。美穂はいそいそと準備を始めた。

小麦粉に玉子と牛乳と砂糖を入れて搔き混ぜる。市販のホットケーキミックスではなく、一から自分で作りたかった。それが自分の気持ちなのだと思った。

作っている様子を福士が覗きに来た。新婚の夫婦みたいだと思って心が浮き立った。美穂はいそいそと材料を混ぜ、香り付けのバニラエッセンスを振った。

幸せなときは、そこまでだった。

手が滑ってバニラエッセンスの瓶が落ちたのだ。床に転がった瓶から、バニラの強い香りが広がった。

そのとたん、福士がいきなり怒りだしたのだ。なんだおまえ、馬鹿にしてるのか。冗談じゃねえぞ。ふざけるな。

何を怒られているのか、まったく理解できなかった。自分はただ、ホットケーキを作ろうとバニラエッセンスを使っただけなのに……。

そのとき、バニラの香りが思い出させた。朽ちた病院の霊安室に転がっていた、あの凄惨な遺体のことを。

ああ、と美穂は思った。あのときのことを思い出させてしまったから怒らせたのだ。謝らなきゃ。

「ごめん、あの病院のことなら――」

と言いかけたとき、いきなり福士が喚《わめ》き声をあげて襲いかかってきた。

喉を絞めあげられそうになった。眼が血走っていた。正気ではないと思った。このままだと殺される。美穂は咄嗟にキッチンにあった包丁を手に取った。そして……。

「殺すつもりなんて、なかったんです。ただ、怖くて……」

そこまで自供した美穂は、捜査員の前で泣き崩れたという。

田中美穂確保の報は、小野福士の部屋にいた捜査陣にも届いた。

「意外に早かったですね」

生田が言った。

「包丁に残っとる指紋とか、証拠もいろいろあるし、今回は簡単な事件だったわな」

間宮も余裕の表情だ。

「今、昭和署に移送中だそうです。我々も早速戻りましょう」

富永が促した。

しかし景子は無言のまま、部屋の周囲を見回していた。

「どうか、したんですか」

生田が尋ねると、

「まだ、やらなければならないことがある」

景子は言った。

「この部屋を調べなければ。もしかしたら証拠が残っているかもしれない」

「証拠なら、その包丁とか――」

「小野福士殺害の証拠じゃない。彼が慎重だったなら、まだ……」

その視線が、キッチンの床の一ヶ所で止まった。

フローリングの一部が四角く区切られている。

「床下収納か」

景子はその前にしゃがみ込み、金具を摑んで引き上げた。区切られた床は扉のように開く。

「うっ……！」

生田が顔を顰《しか》めた。

「なんだ、この臭い」

景子は表情を変えることなく、現れた収納庫を覗き込む。

「思ったとおりだな」

そこには新聞に包まれ、さらにラップを巻き付けられた長いものが納められていた。

「これは……まさか……」

その形状に気づいた間宮が、声を洩《も》らした。

「その、まさかです」

景子は言った。

「平良華菜の切断された左腕です」

「え？」

生田が素《す》っ頓狂《とんきょう》な声をあげる。

「ど、どうしてそんなものが、ここに？」

「小野が持ち込んだんだ。自分で切断してたな」

「ってことは、つまり……」

「そう、華菜を殺したのは、小野だ」

6

「やっと小野と華菜の接点がわかったわ」

景子が言った。彼女の前には白ワインと、茹でダコにパプリカ、チリパウダー、オリーブオイルを振りかけたタコのガリシア風が置かれている。もちろん新太郎が作ったものだ。

「ふたりのパソコンを調べてみたら、出会い系サイトで交流があったの。ネットで知り合って実際に会って、って流れだったみたいね」

「なるほどね。つまり小野は華菜さんと美穂さんの二股かけてたわけか」

「そういうこと。でも、どっちも本気じゃなかったみたい。本命はお母さんが探してくれる、いいとこのお嬢さん」

「そんなひと、いたの？」

「いいえ。まだお母さんが鋭意選定中だったらしいわ。決まったら大人しくお付き合いするつもりだったのかしらね。ふたりのガールフレンドは捨てて」

「ひどいなあ。彼女たちだって『はい、そうですか』とはいかないだろうに」

「当然よ。だから、こんな事件になっちゃったんだけどね。ひとりを殺して、もうひとりに殺されて」

「美穂さんは今でも正当防衛を主張してるのかな？」

「小野に殺されそうになったから、やむなく包丁で刺したって言ってるわ。でも、どうかなあ」

「彼がバニラエッセンスに激昂したってのは、なんとなく理解できるんだ。たぶんバニラの匂いが華菜さんを殺したときのことを思い出させて、もしかしたら美穂さんが自分の犯行のことを知ってるんじゃないかって邪推したのかもしれない」

「プルースト効果ね」

「そう。でも本当に美穂さんの正当防衛なのかっていうと、僕もちょっと怪しく思ってるんだよね。都合よく包丁が出てたってのが信じられなくてさ」

「どうして？」

「だって作ってたのはホットケーキでしょ。包丁は使わないよ」

「……あ、そうか。そうよね。じゃあやっぱり、最初から殺意があったのかしら？　よし、もっと徹底的に追及してやろっと」

景子はワインを一口飲み、タコを口に入れる。

「あ、このタコ美味《おい》しい」

「ありがと。ところで小野が華菜さんを殺した経緯については、わかったの？」

「被害者も加害者も死んじゃってるから、本当のところはわからなくなっちゃったんだけど、ある程度の推測はできたわ。現場の廃病院だけど、パソコンに残ってたメールによると、あそこがふたりの逢引の場所だったみたいね」

「そんな不気味なところで？」

「刺激を求めてたんでしょ。メールにはそんなようなことが書いてあったわ。双方の遣り取りを読むとね、最初のほうではデレデレの睦言《むつごと》ばかり続いて、読んでると馬鹿らしくなってくるほどなの。でも最近のものは様子が違ってたわ」

「というと？」

「どうも小野のほうが冷めてきちゃってたみたいね。華菜さんとの付き合いは美穂より後なんだけど、どうやら小野の好みとはすこしずれてたようね。急激に態度が冷たくなってるの。それに反して華菜さんのほうは熱を上げちゃってエスカレートしていったわ。だから、あんなことしたんだろうけど」

「事件当日も、あの病院に行ったんだね？」

「小野の車でね。そこでいつものように事をいたそうとして、諍《いさか》いが起きた。あるいは最初から小野が華菜さんを殺そうと計画していたのか……」

「鋸の存在からすると、計画的な犯行と見るべきかもね」

「わたしも、そう思う。小野は最初から華菜さんを殺して、腕を切断するつもりだったのよ。そして計画どおり彼女を殺した」

「彼は最初から全身バラバラにするつもりはなかったんだね。左腕だけ切り取ればいいと思ってたんだ」

「そうでしょうね。切断した左腕は処分に困って自分の部屋に隠してたけど。でもね、ひとつだけわからないことがあるの」

「何かな?」

「どうして小野は友達を連れて、わざわざあの病院に行ったのかしら?」

「うーん……これは僕の想像だけど、華菜さんを早く発見させたかったんじゃないかな」

「どうして? いつまでも見つからないでいたほうがいいじゃない?」

「いや、あそこは心霊スポットなんでしょ。だったら遅かれ早かれ誰かがやってきて死体を見つけるよ。でも、あんまり遅くなると遺体が腐敗してしまう。彼はそれを避けたかったんじゃないかな」

「憐憫《れんびん》の情ってやつ? 腐った死体で見つかるのが可哀そうって? 自分で殺しておいてそんなの、ないわよ」

「もちろん、そんなんじゃないよ。彼としては犯人が遺体をバラバラにしようとしていた途中で発見された、という形にしたかったんだ。だからわざと鋸を残しておいたんだろうし。そうすることで、左腕だけ切断したという不自然さをごまかすことができると考えたんだろうね」

「だったらいっそ、他の部分も切っちゃえばよかったのに」

「バラバラ殺人ってさ、遺体を分解すればするだけ、その処理が厄介になるんだよ。現に彼は腕一本の処分にも困って自分の部屋に隠してたんだろ? これ以上、捨て場所に困るものを作りたくなかったんだろうね。彼としては華菜さんの左腕だけ何とかすれば、自分のことはバレないと思ってたんだよ」

「そういうことかあ。なんか、最初から最後まで自分本位の嫌な奴だわ」

「ほんとにね。でも、そういう男に惚れちゃったんだよな、美穂さんも、華菜さんも」

「惚れるならわたしみたいに、いい男に惚れればいいのに。死んだひとに言うのも何だけど、華菜さん、馬鹿よ」

景子は残りのワインを一気に飲む。

「でも新太郎君、どうして華菜さんの腕のこと、わかったの？」

「景子さんが教えてくれたじゃない。彼女は温泉に行っても自分だけ入らずにいたって。きっと入れない理由があるんだろうなって思ったら、どういう意味か見えてきたんだ」

「そうかあ。わたしも彼女がこの季節にはまだ早い長袖のブラウスを着てるのを見たときに、気づくべきだったわね。でも、あれって自分でやったみたいよ」

「自分で？　勇気あるなあ」

新太郎は心底感心したようだった。

「それくらい思い詰めてたのかもね」

景子は言った。

「恋人の名前を腕に彫り込むほどに」

七品目——ふたつの思惑をメランジェした誘拐殺人

1

師走に入って急に寒くなった。木立を抜けて吹く風が、身を切るように冷たい。

冬の星座が瞬《またた》いているはずだが、周囲を照らしだす投光機のせいで夜空は白茶けて見える。

間宮《まみや》は分厚いダウンコートの中で身を震わせた。

名古屋市名東区猪高町猪子石《いたかちょういのこいし》、周囲を住宅地に囲まれた中に二十ヘクタールほどの広さの明《めい》徳《とく》公園がある。遊具広場や池、散策道などが整備されていて、休日ともなれば訪れるひとの数も多い。間宮自身、子供が小さかった頃に一度だけ訪れたことがある。仕事に明け暮れて家族の時間もろくに取れなかった中での、数少ない思い出の場所だ。ここで息子はザリガニ釣りをした。

そのことを、あいつはまだ覚えているだろうか。

東京の大学に行ってしまい、もう半年以上も顔を合わせていない子供のことを彼は思い出していた。

生田《いくた》の呼びかける声が、彼を現実に引き戻した。

「間宮さん」

「鑑識からOK出ました」

「ほうか。景《けい》ちゃんは？」

「もう先に」

「じゃ、俺も行くかな。それにしても、寒いわ」

間宮はコートの襟を立てて歩きだした。

名古屋市内ということを忘れてしまうほど鬱蒼《うっそう》と繁る木々の間、散策路から少し外れたところに遺体はあった。

枯葉が敷きつめられた地面に、男が仰向けになって倒れている。年齢は七十歳前後といったところか。背丈は百六十センチくらい、細身で色白な老人だ。薄くなった髪は白く、値の張りそうなベージュのコートに黒いスラックス、そして磨き上げられた革靴が投光機の光を反射していた。

遺体の傍《かたわ》らに女性がひとり立っている。見慣れたダークグレイのコートから伸びるすらりとした足。ショートカットにした髪の下の整った顔。いつ見ても殺伐とした殺人現場には似つかわしくない華やかさだった。

だが間宮は知っている。この女性こそが今この場を取り仕切っていることを。

「景ちゃん、仏さんの様子は？」

彼女——京堂景子《きょうどうけいこ》警部補を「景ちゃん」と気安く呼べるのは、愛知県警広しといえど自分ひとり、と間宮は内心得意に思っている。捜査一課の課長でさえ、いや県警本部長でさえ恐れている〝氷の女王〟を。

が、そんな自負は今夜の夜気より冷たい彼女の視線を浴びて、冷凍庫内の葉物野菜のように萎《しな》び、凍りついた。

「自分で確認してください」

年長の彼に対して、景子は丁寧な口調を崩すことはない。しかしその語調は、誰に対しても平等に冷徹だった。

「あ、ああ……」

うろたえつつ頷き、間宮は遺体の前にしゃがみ込む。手を合わせてから検分を始めた。

「……絞殺か」

首のまわりに索溝《さくこう》が残っている。少し幅のある平紐状のもので絞め殺されたらしい。遺体に触り、体温を確かめる。冷たくはあるが、冷えきってはいない。角膜の濁りもないし、死後硬直が一番早く始まる顎のあたりも、まだ固くなっていなかった。

「死後二時間以内ってところだな」

間宮は判断する。

「身許がわかるようなものは？」

景子が尋ねると、鑑識員がビニール袋に入った黒いパスケースを持ってきた。間宮も立ち上がり、覗き込む。

「運転免許証だな」

倒れている男と同じ顔の写真が付いている。名前は蔦村昌造《つたむらしょうぞう》。住所は名古屋市瑞穂《みずほ》区牛巻町《うしまきちょう》とある。生年月日から計算すると六十九歳。

「すぐ確認を」

景子の指示で若い警官がすっ飛んでいく。

「発見者は?」

「犬の散歩にやってきた近所の主婦です。発見したのは午後六時少し前ということでした。一一〇番通報があったのは午後六時七分です」

報告したのは名東署の刑事だった。寒さのせいか、それとも景子を相手にしているせいか、声が強張っている。

「発見時にはもう暗くなっていたんだろうな」

「だと思います。今日の日の入りは四時半ちょっと過ぎでしたから」

「なのに遺体が発見できたのは……投光機を消してくれ」

不意の指示に、警察官たちは当惑する。

「聞こえなかったか。消せと言っている」

冷たい声で景子が繰り返すと、即座に照明が消された。あたりは一気に色をなくす。が、遺体が倒れているあたりには街灯の明かりが届いていて、薄ぼんやりとだが視界が利いた。

景子が呟いた。

「……妙だな」

「何が妙だね？」

間宮が尋ねると、

「遺体はこのあたりで一番明るい場所、つまり見つけやすいところにあります。まるですぐに見つけてもらいたがっているかのように」

言われてみると、たしかに見つけやすい場所に遺体がある。

「隠すつもりはなかったということか」

間宮が言うと、

「もういい。明かりをつけろ」

景子の指示で再び投光機が灯された。

「隠さなかったどころか、目立つ場所に移動させている」

景子は遺体の足許を指差した。

「踵のあたりから二本の筋。引きずった跡だ。これを辿っていくと……」

その場にいる者たち全員の視線が、筋の痕跡を追う。それは繁みの中へと続いていた。

「ここが犯行現場だな」

木立の間の暗い場所。懐中電灯で照らすと落葉が踏み荒らされ乱れているのがわかる。

「ここで殺して遺体を向こうまで引きずっていった。まるで見つけてくれと言わんばかりに

「……なぜだ？」

景子の問いかけに答えられる者はいなかった。

しかしその答えは、程なく明らかとなった。被害者の遺族が到着したのだ。

やってきたのは四十歳代の男女と三十歳代の男性の三人だった。みんな顔色を失くしている。

「親父は、親父はどこですか」

うろたえた声で訊《き》いてきたのは年上の男性だった。丸顔に丸縁眼鏡。小柄で、長めのコートを引きずるようにしている。景子が遺体と対面させると、喉の奥から呻《うめ》くような声を洩《も》らした。

「親父……まさか、こんなことに……」

「お父さん……」

傍らに立つ女性も嗚咽《おえつ》を洩らした。顔立ちはほっそりとしているが、鼻の形や目許が隣の男性とよく似ていた。一歩下がってふたりを見つめている男性は、痛ましそうな表情で佇《たたず》んでいた。

「蔦村昌造さんに間違いありませんか」

景子が尋ねると、

「はい……間違いなく父です」

年上の男性はそう答えると、俯《うつむ》いた。

景子は悔やみの言葉を述べてから、彼らの名前を尋ねた。年上の男性は蔦村政道《まさみち》、栄《さかえ》に本社を構える蔦村商事の社長だと名乗った。

「こっちは私の妹で専務の向坂久美子《さきさかくみこ》、もうひとりは私の秘書をしている川嶋昇《かわしまのぼる》です」

政道が紹介した。

「昌造さんとは一緒に暮らしていたのですか」

景子が尋ねると、

「いえ……父は母を七年前に亡くしてからずっと独り暮らしをしていました。不便だろうから私たちと一緒に住むか、それが厭《いや》ならせめて家政婦でも頼めばと言っていたんですが、どうしても聞いてくれなくて……父を独りきりにしなければ、こんなことにはならなかったのに……」

「何か、あったのですか」

重ねて尋ねると、政道はしばし沈黙した後に、

「じつは……」

「兄さん、そのことは——」

妹の久美子が止めようとする。すると政道は顔を赤くして、

「馬鹿！　今更隠してどうする。もう何もかも遅いんだ」

何か事情がありそうだな、と間宮は思う。警察に言いにくい事情だ。ここは年長で人生経験のある自分の出番だろう。

「話してくれませんかな」

穏やかな口調を心がけながら、言った。

「悪いようにはせんから」

「はい、じつは……」

政道は再び口を開く。

「父は……誘拐されていたのです」

「誘拐!?」

素《す》っ頓狂《とんきょう》な声をあげたのは生田だった。が、たちまち景子の絶対零度視線を浴びて凍りつく。

「続けてください」

景子に促され、政道は言葉を継ぐ。

「三日前、十二月一日のことです。昼過ぎに会社に電話がかかってきました。

『蔦村昌造を誘拐した。嘘でないことを確認してみろ』

と、それだけ言って切れました。

最初は悪戯《いたずら》だと思ったのですが、念のため川嶋と一緒に牛巻の家へ行ってみると父の姿はなく、玄関に紙切れが落ちていました。そこには〝蔦村昌造の身の安全を願うなら、以後の連絡を待て。決して警察には知らせるな〟と書かれていました。それで本当に父は誘拐されたのだと思いました。指示されたとおりに待っていると、夕刻にまた電話がありました。

『蔦村昌造を返してほしければ三百万円用意しろ』

と言われました。父の安否を確かめさせてくれ、声を聞かせてくれと言うと、それは無理だと言われました。もしかしたら、あのときすでに父は……」

政道は苦しげに言葉を切る。

「いえ、違います。まだ検視の結果は出ていませんが、昌造さんが亡くなったのは今日のことだと思われます」

「そう、なんですか。では父はつい最近まで生きて……ああ、なんてことだ」

政道は両手で顔を覆う。しばらく嗚咽を堪《こら》えるように震えていたが、やがて顔を上げた。

「お見苦しいところをお見せしました。先程の話の続きですが、私は犯人からの電話の後ですぐに久美子と話をしました。私は警察に通報するべきかもと思いましたが、妹に止められました。ここは犯人の言うとおりに金を渡そう。三百万くらいなら何とでもなるから、と。私も父の安全を最優先に考えて、その意見に同意しました。

翌朝、わたしの自宅に電話がありました。

『身代金を入れた鞄を秘書の川嶋に持たせて午後十二時きっかりにJR名古屋駅の金の時計前に来い。金を受け取ったら、すぐに昌造は返す。だがもしも警察が引き渡し現場にいたら取引は中止し、昌造も殺す』

言われたとおりにするしかないと思いました。だから引き出した三百万を鞄に入れて川嶋に渡し、名古屋駅に向かわせました。私は自宅で久美子と一緒に待ちました。しかし……」

「取引に失敗したのかね」

それと察して、間宮が口を挟む。と、不意に冬の寒気より冷たい力を感じて、彼の背筋が凍った。

景子が睨んでいる。間宮は自分が余計なことを言ったのだと悟った。

「十二時三十分になって、川嶋から連絡がありました。時間になっても、誰も接触してこなかったというのです。そうだな？」

「はい」

それまで黙って控えていた川嶋が、短く答えた。

「何か手違いでもあったのかと訝《いぶか》しんでいると、犯人から電話がありました。

『警察に報《しら》せたな。約束違反だ』

と言うのです。警察には報せていないと言いましたが、相手は信じてくれませんでした。

『受け渡し現場に警察がいたのは間違いない。おまえは約束を破った。報いを受けろ』

そう言って、相手は電話を切ってしまいました。それきり音沙汰もなく、私たちはとても心配していたのです。その心配が、現実のものになってしまった……」

政道は口を噤《つぐ》み、項垂《うなだ》れた。

「誘拐犯に心当たりはありますか」

景子が尋ねる。

「ありません。あるはずがない」

政道は首を振る。

「脅迫電話の声に聞き覚えは？」

「それもありません。しかしあの声は……」

「どうしました？」

「妙に甲高かったんです。ほら、ヘリウムガスを吸ってから喋ると声が高くなるでしょ。あんな感じで。もしかしたら声を変えていたのかもしれません」

「なるほど。では過去に会社が脅迫を受けたとか、そういうことはありませんでしたか」

「いいえ、ないです。うちはそんなに大きな会社ではありません。父が一代で築き上げて、私が今は経営していますが、正直本当に台所が苦しい状況です。金なんて、ありませんし」

「でも三百万は用意できた」

「そりゃ三百万程度なら……でも、これだって父が無事に帰ってきてくれるならと必死になって掻《か》き集めた金でした」

景子はその話を聞きながら、訝しげな表情を浮かべ、

「約束どおり金を持って引き渡し場所へ行ったのに、犯人は現れなかった。なぜだ？」

誰にともなく問いかける。

「あの……」

そのとき、川嶋が声をあげた。

「じつは私が身代金を入れた鞄を持って金の時計前に立っていたとき、お巡りさんが近付いてきたんです。もしかして誘拐のことを知っているのかと思ってびくびくしたんですけど、ただ警邏《けいら》中だったらしくて、そのまま通りすぎていきました」

「名古屋駅には詰所がありますもんね」

生田が言った。

「あそこはよく巡回してますよ」

「それを犯人はどこかで見ていて、引き渡し現場を押さえようとやってきたんだと勘違いしたわけか」

間宮も言った。

「そんな……そんなことで……」

それまで泣きつづけていた久美子が、声を洩らした。

「そんなことで、お父さんが殺されてしまうなんて……酷《ひど》すぎる……」

泣き声が、また一際大きくなる。政道は妹の肩を抱き、自分もすすり泣いた。

痛ましいな、と間宮は思う。こういう場面は何度経験しても、切ない。犯人に対する腹立たしさも募ってくる。

「警察が、きっと犯人を見つけるでよ」

思いをつい、声にした。その後で、また景子に睨まれはしないかとびくついたが、彼女も静かな眼差しで泣き崩れる兄妹を見つめていた。

木々を吹き抜ける風も、泣いているように聞こえた。

2

ブイヤベースの中身はイカにエビにタラにムール貝。サフランの香る湯気がダイニングに漂い、否が応でも食欲をそそる。

景子はスープをスプーンで掬《すく》い、口に運んだ。

「……すごい。濃厚」

「いい出汁《だし》が出てるでしょ」

キッチンで料理を器に盛りながら、新太郎《しんたろう》が言った。

「うん、とっても美味《おい》しい。体あったまるし」

「寒いときにはやっぱり温かいものがいいよね。というわけで、こっちもどうぞ」

差し出されたのは温野菜。ブロッコリーやカリフラワー、ニンジン、アスパラガスなどを蒸したものだ。それに茶色いソースがかけてあった。

早速食べてみる。野菜の甘味にソースの柔らかな、しかし最後にピリッとくる辛味がブレンドされて、とても美味《うま》い。

「いいわねえ。この上にかかってるのは？」

「特製メランジェソース」

「メランジェ？　なに？」

「フランス語で『混ぜ合わせる』って意味。タネを明かせばマヨネーズに八丁味噌を混ぜ合わせただけなんだ。薬味に一味唐辛子も少し入れてるけどね」

「なるほど、それでちょっとピリ辛なのね。でも混ぜ合わせるだけのことがフランス語にすると結構お洒落《しゃれ》になるもんね」

「料理にはハッタリも必要なんだよ」

新太郎はスライスしたバゲットを持ってきた。

「アルコールは駄目？」

「んー、少しくらいならいいかな。事件は解決してないけど、急に呼び出されるようなことはないだろうし」

「ならば」

冷蔵庫から軽く冷やしたコルス・フィガリのロゼを取り出し、ふたつのグラスに注ぐ。

「捜査がうまくいきますように」

グラスを合わせ口に運ぶ。

「あー、美味しい！　でもほんと、捜査がうまくいけばいいんだけどなあ。今回は悔いがあるし」

「どうして？」

「もっと早く警察に通報してくれてたら、蔦村さんも死なずに済んだかもしれないもの。警察って信用ないのかな」

「誘拐殺人事件のこと？」

「そう。少額ですぐに払えるからって警察に言わずに済ませてしまったら、それこそどこかの国みたいに誘拐がビジネスとして成立しちゃうじゃない。そういうのって絶対に許せない。特に今回は人が死んでるんだし」

「たしかに問題だよね。家族は事を穏便に済ませたくて警察に通報しなかったのかもしれないけど。それで誘拐の経緯はわかったの？」

「ええ。あらためて聞き込みをしたりして、詳細がわかってきたわ。それがね——」

「っと、詳しい話は食事を終えてから。今は食べて」

「はあい」

景子は素直に料理を平らげ、ワインも三杯ほど飲んだ。相変わらずの健啖ぶりだった。

「ふーっ、美味しかった。ごちそうさま。事件の話していい？」

「どうしても僕に聞かせたいんだね」

新太郎は苦笑する。

「じゃあ洗い物を後回しにして、じっくり拝聴しようかな」

「蔦村昌造が誘拐されたのは、四日前の十二月一日の午前中だと思われるの」

食後のコーヒーを飲みながら、景子は話しはじめた。

「思われるって曖昧な言いかたをしてるのは、特定できないからなの。昌造は牛巻の自宅に独り暮らしをしていて、ふだんは家に籠《こ》もったままほとんど外出もしてなかったらしいのね。だからいなくなっても、近所でも気付かないし、息子の政道や娘の久美子とも毎日連絡を取り合ってるわけでもないから、はっきりした時間がわからないのよ。ただ一日の朝刊が取り込まれていたから、少なくとも朝六時頃まで昌造は家にいたようね。

政道のところに誘拐犯から電話がかかってきたのは一日の午後二時三十九分。これは着信履歴から確認できたわ。かけてきたのは公衆電話からだったけど。そして政道が昌造の自宅に駆けつけたのが午後三時二十分頃だそうよ。そこで玄関に落ちている置き手紙を見つけたの」

「その手紙、確認できた？」

「ええ、政道が保管してたわ。すぐに指紋を確認したんだけど、採取できたのは政道と久美子——このふたりは手紙を手にしながらあれこれ相談したそうだから当然だろうけど——と、それから昌造のものだけ」

「昌造さんの？」

「そう。しかもよ、書かれている文字を確認したら、間違いなく昌造が書いたものだったわ」

「うーん……」

新太郎は唸《うな》る。

「それってどういう……犯人に脅されて書かされたのかなあ」

「わたしたちもそう思ってる。犯人は自分の筆跡を残したくなくて、昌造に書かせたのよ」

「なるほどね……」

新太郎は自分のコーヒーカップを見つめ、意味深な表情で頷く。

「どうしたの？　何か気になる？」

「あ、いいや。ちょっと余計なことを考えただけ。でさ、その日の夕方に犯人から三百万円用意しろって電話がかかってきたんだよね？」

「そうよ」

「昌造さんの声を聞かせてくれと言ったけど、犯人は『それは無理だ』と言って応じてくれなかった」

「相手はそのときも公衆電話からかけてたわ。その場に連れてきてなかったんでしょうね」

「そうだろうね。そうだろうけど……」

「どうしたのよ？」

「いや、今日は頭がよく回らないのかな。変な考えがループしちゃうんだよ」

「ワイン飲みすぎた？」

「そんなこともないんだけどなあ……。まあいいや、それで？」

「大急ぎで三百万用意して待っていたら、翌朝にまた電話があって、身代金を川嶋に持たせて午後十二時に金の時計前に来いって指示があったわけ。それで——」

「ちょっと待って。犯人は金を川嶋さんってひとに持たせるように指示したんだね？」

「そうよ」

「つまり犯人は川嶋さんの存在を知っていた。蔦村さんの家や会社のことについてある程度の知識があるってことだね」

「そう考えていいと思うわ。政道は会社のことだけじゃなく家庭のことや昌造との連絡も彼に任せてたそうだから、犯人には川嶋が蔦村家の要だってことがわかってたんでしょうね」

「すると、その線からも犯人を追えるね」

「ええ、もちろん追っかけてるわ。まず社内の人間、それから退社した人間、蔦村家と親しくしている人間、そんなところから調べるつもりよ。

で、話が途中になったけど、川嶋は指示どおりに金の時計前で待ってたの。でも犯人からの接触はなかった。それで十二時半に川嶋から政道に電話があり、さらに午後一時三分に犯人から最後の電話があったと」

『警察に報せたな。約束違反だ。受け渡し現場に警察がいたのは間違いない。おまえは約束を破った。報いを受けろ』って言ったんだね？」

「そのとおり。政道は必死に弁解したんだけど、犯人は聞こうとしなかった。そして翌日、昌造が遺体で発見されたわけ」

「なるほどね。だけどこの犯人って、ずいぶんとひどい奴だよね。勝手に勘違いして交渉を打ち切って昌造さんを殺しちゃうなんて」

「そうなのよ。普通に巡回している警官を誘拐捜査してるって思い込んで『約束違反だ』もないもんよ。何考えてるんだか」

「そもそも金の時計前を受け渡し場所にすること自体、おかしいよ。あそこって名古屋駅屈指の待ち合わせスポットじゃない。平日でも結構な人間があのあたりにいるっていうのに、どうしてあんな衆人環視の場所で身代金を手に入れようとしたんだか」

「たくさん人がいるからこそ、あの場所を選んだんじゃない？　人込みに紛れて鞄を奪うつもりだったのかも」

「うーん、そうなのかなあ……」

新太郎は納得できない様子で首を捻《ひね》る。

「何か、ひっかかる？」

「うん、でもそれが何なのか……わからない」

残っていたコーヒーを飲み干し、

「ちょっと、頭の中を整理してみるよ」

そう言ってキッチンへ行く。流しに置いておいた皿や器を洗いはじめた。

それが彼の気分転換法だった。洗い物をしていると心が真っ白になる。そうすると煮詰まっていた頭がリセットされて、新たな考えが浮かんでくるのだという。イラストの仕事で考えが袋小路に落ち込んだとき、彼がよく使う方法だった。

景子も自分のカップを流しに持っていき、しばらくリビングで雑誌を読むことにした。新太郎の仕事の関係上、家には毎月何冊かの雑誌が送られてくる。彼がイラストの連載をしているもの、単発でイラストを載せたもの、などだ。それを暇なときには捲《めく》ってみる。多くは女性誌で、読んでみるとそれなりに面白い。

たまたま手に取った雑誌の特集が「年下夫の操縦法」というものだったので、思わず笑ってしまった。そのページを開いてみると、まず年下夫の特徴なるものが列挙されていた。曰く、甘えん坊。依頼心が強く、わがまま。天真爛漫《てんしんらんまん》だが寂しがり、云々。

この記事を書いた人間は本当に実態を取材しているのだろうか。それとも世の年下夫なるものは、本当にこんな感じなのだろうか。どれひとつ取っても、新太郎には当てはまらない。どちらかというと年上である自分のほうが彼に依存し、甘えていると思う。

景子はキッチンに眼を向けた。新太郎は無心で皿を洗っている。その顔はとても大人びていて、理知的だった。彼女はそういう夫の顔を見ているのが、とても好きだった。

その視線に気付いたのか、新太郎が顔を上げた。

「どうかした？」

「あ、ううん。なんでもない」

照れ隠しに笑って、再び雑誌に眼を落とす。

年下夫は適度に甘やかしながら手綱はしっかりと握っておけ、というのが特集記事の結論だった。あまり実のある内容ではなかった。

続いて女性誌にはよくある人生相談のページ。舅《しゅうと》と折り合いの悪い主婦からの相談が掲載されていた。自営業だった舅は、引退して夫に仕事を譲ったのだが、いまだに自分があれこれ指示しないと気が済まないそうで、夫婦ともども困っている、という内容だ。

「何読んでるの？」

洗い物を終えた新太郎が雑誌を覗き込んできた。

「どこも似たような問題で困ってるんだなって」

「人生相談？　景子さん、何か悩んでる？」

「わたしじゃないの。蔦村家のこと」

「蔦村さん？　まだ何か事件があったの？」

「そうじゃないんだけどさ。昌造の娘の久美子に聞いたの。生前の昌造には彼女も兄の政道も結構悩まされていたみたいなのよ」

「どうして？」

「蔦村商事は昌造が創業した会社なの。結構苦労して大きくしたそうよ。でも歳を取ったのと体力が衰えたこともあって、五年前に社長の座を政道に譲って自分は会長になったんだって。それでも会社の経営は実質上昌造が握っていて、政道は社長らしいことを何もできなかったそうよ。それで政道はいろいろと画策して、とうとう去年、昌造を会長職からも退かせたの」

「へえ、そういうことがあったのか」

「ええ。でも昌造はこの交代劇を本心から納得してたわけじゃないみたいで、引退させられてからも政道や久美子にあれこれ文句を付けたりしてたみたいよ。それで親子の間が疎遠になってたわけ」

「そういうことなんだ。なるほどねえ。でも……」

新太郎は不意に黙り込む。

「どうしたの？」

「いや……どうしても考えがそっちに行っちゃうなって」

「そっち？　どっちのこと？」

「事件のあらましを聞いたときから、その考えが頭に浮かんで消えないんだ。このとおりなら、ある程度の道筋は見えてくる」

「犯人がわかったの？」

「そこなんだよ、問題は」

新太郎は苦笑を浮かべた。

「道筋は見えても、犯人だけがわからないんだ」

3

家を出るとき、間宮はひどく不機嫌だった。出掛けに妻と喧嘩をしたのだ。

原因は些細なことだった。昨夜、寝る前に飲んだ焼酎の瓶を置きっぱなしにしていたことがどうとか、荒立てるほどのことではないがゆえに、さらりと解決もできない、そんな諍《いさか》いだ。指にできた逆剝《さかむ》けのように、こうした出来事は大事にはならないものの、いつまでも痛みを発しつづける。

人生はそんな他愛ない痛みで満ちている。いつか忘れてしまうが、そのときはずっと気にかかってしまう。そして忘れた頃にまた痛みだしたりもする。

自分はいくつ、そうした痛みを背負ってきたのだろう。そしてこの先いくつ、背負っていくのだろう。

柄にもないな、と内心で自分を嗤《わら》った。普段はそういうことは考えない。自分はもっと単純な人間だ。だがときどき、こんな物思いに耽《ふけ》ってしまうことがある。年齢のせいだろうか。人生の折り返し地点を過ぎて、来し方行く末を思うようになってしまったのか。

やめよう。間宮は小さく首を振った。今、自分が考えなければならないのは手掛けている事件のことだ。ぼんやり余所事《よそごと》を考えたりしていたら、また景ちゃんの冷たい視線を浴びることになる。あれだけは勘弁してほしい。

その日の捜査会議では、蔦村家および蔦村商事周辺の聞き込みに全力を上げることが指示された。誘拐殺人犯は蔦村家の事情に詳しい者であると推察されるからだ。

間宮は会社周辺の聞き込みに回った。何かトラブルを起こした者はいなかったか、会社に恨みを持っている者はいないか、社内の人間や取引先などを尋ね歩いた。とても地味で成果も期待できない仕事だった。

しかし、この日の間宮は仕事運がよかった。三件目の訪問で耳寄りな情報を手に入れることができたのだ。

それは蔦村商事と取引のある建材メーカーを訪れたときだった。蔦村昌造とも長く付き合いがあるという社長が、これは内緒の話ですが、と意味ありげな前置きで打ち明けた。

「昌造さんが殺されたと聞いたとき、もちろんびっくりしたんですが、同時に『ああ、とうとう』とも思いましたよ。やっぱりあのひと、畳の上じゃ死ねなかったなと」

「それは、どういう意味だね？」

「死んだひとを悪く言いたくはないですが、昌造さんはあんまり人に好かれるようなひとじゃなかった。敵も多かったんです」

社長の話によると、昌造は会社を興《おこ》してから今の状態にまで発展させていくため、かなり強引な手法を取ったのだという。

「法律すれすれ、もしかしたら破ってたかもしれません。それに巻き込まれて大損した者や破滅した者もいたと聞いています。会社の中でも結構厳しいことをして社員を泣かせていたそうです。辣腕《らつわん》といえば聞こえがいいが、あくどい人間でしたよ」

「ほう、そういうことがあったんかね」

「それだけじゃないです。家庭内の揉め事も相当なものだという話です。たしか昌造さんの奥さんは自殺したんじゃなかったかな」

「自殺？　またなんで？」

「旦那の浮気癖が直らなくて、あっちこっちに女を作ってたからですよ。そういう人間なんだから鷹揚《おうよう》に構えて多少の女遊びなんて許してやればいいんだが、奥さんは根が真面目すぎて許せなかった。何度も夫婦喧嘩して、その挙句に家を飛び出して、どこかの森で首を吊って死んだそうです」

「森で、首吊り……」

思い出したのは、昌造の死にざまだった。森のような公園の中で、首を絞められて殺されていた。

「似とるな」

「え？」

「いや、何でもない。しかしそんなことがあったんだったら、家族の仲はどうだったのかねえ」

「そりゃ良くないですよ。息子さんや娘さんは昌造さんが母親を殺したと思ってたんじゃないですかね」

「なるほど、なあ」

捜査本部に戻ると、間宮はすぐさま景子に報告した。

「政道や久美子は、思った以上に父親のことを恨んどったかもしれん。その恨みが溜まりに溜まって、ついに爆発したんかもしれんぞ」

話を聞いた景子は、腕組みをして考え込んだ。

「昌造の奥さんが自殺……」

「どうだね景ちゃん、この線で追ってみんか」

促され、やっと彼女は頷いた。

「わかりました。では政道、久美子の周辺を捜査してください」

「任せとけ」

早速飛び出そうとする。そのとき、生田が戻ってきた。その顔つきを見て、間宮は声をかけた。

「どうした、難しそうな顔して」

「いや、なんていうか……」

彼には珍しく、逡巡しているように見えた。

「何があった？」

景子が尋ねると、

「その、報告していいのかどうか、なんですけど……」

煮え切らない態度で言葉を濁す。

「いいから言ってみろ」

「……はい。指示されたとおり、身代金受け渡し場所だった金の時計周辺で聞き込みしてたんですけど、時計近くにあるドラッグストアの店員から、妙な話を聞いたんです」

そこでまた、言葉を切る。

「生田、おまえはいちいち合いの手を入れられないと話せないのか」

景子の声が冷たくなる。

「あ、すみません！　その、店員の話によると受け渡しのあった十二月二日の午後十二時過ぎに、店の前にずっと立っている男がいたそうなんです。それが店に入るでもなく、人込みに紛れるようにして、じっとある一点を見ているようだったとかで。その一点というのが、金の時計の方角だったそうです」

「金の時計？　そっちを見ていたのか」

「だ、そうです」

「どれくらいの間だ？」

「その店員もずっと見てたわけじゃないのでよくわからないんですが、十分以上はそこにいたらしいんですよ」

「もしかしたら、誘拐犯の一味かもしれんな」

間宮は言った。

「そこで川嶋の様子を偵察しとったのかもしれん」

景子は彼の意見に一応頷いてから、再び生田に尋ねた。

「その男の特徴は？」

「それが、年齢は七十歳くらい、痩《や》せていて色白、ベージュのコートに黒いズボンを穿いていたそうなんです」

「ベージュのコートに黒のズボン……」

間宮の記憶がくすぐられた。まさか……。

「写真は、見せたか」

景子の声は冷静だった。だがその言葉で、彼女も同じことを考えているとわかった。

「見せました」

生田は言った。

「間違いないそうです。その、ずっと立っていた男というのは、蔦村昌造です」

「やっぱり、新太郎君の考えてたとおりなのかしら。流れがどんどん、そっちに向かってるって感じ」

「そうだね。たぶん間違いないんだろう」

「それでも、犯人はわからない？」

「うん。まあ、想像はついてるんだけどね」

「ほんと？」

「でも、決め手がないんだ。だからね」

「え？」

「ちょっと試してみてほしいことがあるんだよ」

4

5

間宮はいささか緊張していた。段取りはわかっている。自分の役目も把握していた。ごく簡単なことだ。だが、しくじったら景子からどんな眼で見られるかと思うと、つい気持ちが張りつめてしまう。

「わざわざ御足労いただきまして、ありがとうございます」

景子が言うと、政道は当惑したような表情で、

「ここで、何かあるんですか」

と訊いてきた。

「ええ、とても重要な手掛かりが見つかったんです。それはここにありました」

指差したのは、玄関の三和土《たたき》だった。

「政道さん、あなたはここで昌造さんの誘拐を告げる文言《もんごん》が書かれた紙を発見したのですね？」

「そうです」

「それを持って戻られた。あなたの他には誰が見ましたか」

「……妹です。なあ？」

隣にいる久美子に問いかけた。彼女も頷いて、

「はい、たしかに見ました」

「川嶋さんは、どうです？」

「私ですか？　私は、横から拝見しただけで……」

川嶋は恐縮したような表情で答える。

「なるほど。ではもう一度、その紙を確認していただけませんか。間宮さん、お願いします」

「ああ」

間宮はスーツの胸ポケットから折り畳んだ紙を取り出した。そして、それを川嶋に差し出す。

川嶋は手を伸ばしかけ、ふと躊躇《ちゅうちょ》したようにその動きを止めた。

「どうしたんですか」

景子が尋ねる。

「いえ、私は……」

「あなたは？」

「………」

「そう、あなたはこの紙に触りたくない。なぜなら指紋を残すから」

ぴくり、と川嶋の肩が震えた。

「あなたは細心の注意を払って、紙に指紋が残らないように心掛けていた。だから今も、その気持ちが残っていて紙に触れなかった。そうですね？」

「それは……どういう意味ですか」

「文字どおりの意味です」

景子は言った。

「あなたは証拠を残すまいと過度に気を遣いすぎたんです。だから今、わたしたちの前で決定的なミスを犯した。自分がこの紙に指紋を残せない理由を暴露したんです」

彼女の声音は凜として冷たく、そして鋭く突き刺さった。

「蔦村昌造さんを殺害したのは川嶋昇、あなただ」

「な、何だって!?」

驚きの声をあげたのは、政道だった。

「まさか。どうして川嶋が……」

「川嶋がお父さんを誘拐したの？」

久美子も眼を丸くしている。

「いいえ、違います」

景子は首を振った。

「昌造さんを誘拐したのは、彼ではありません」

「でも殺したのは彼だと……」

「ええ、殺害したのは川嶋です。しかし誘拐はしていない。いや、正確には誘拐に関しては従犯でしかない」

「意味が、わからない……」

政道は当惑した表情で、

「もうひとり、誘拐の主犯がいると？」

「ええ。蔦村昌造さん誘拐の主犯は」

景子は言った。

「昌造さん本人です」

「……は？」

「それ、どういう意味ですの？」

「昌造さんの自作自演なんです」

「……まさか。あれが狂言だったと？」

「そうです。わたしたちは最初にそれを疑うべきでした。まず何より誘拐の手際が鮮やかすぎる。家に籠もって出ることのない昌造さんをどうやってすんなりと誘拐できたのか。そして例の紙切れ。昌造さんの筆跡であることはすぐにわかっていたのに、その可能性に思いが至りませんでした。脅迫されて書かれたものにしては、文字がしっかりとしている。あれは自分の意思で書いたものだと考えたほうがすっきりする。


そして政道さんにかかってきた電話。一日の夕刻にかかってきた電話で、あなたが『父の安否を確かめさせてくれ』と言ったとき、犯人は『それは無理だ』と言ったそうですね？」

「ええ」

「『それは無理だ』とは、妙な言い回しです。『それはできない』でも『駄目だ』でもない。『無理』というのはなぜなのか。それはつまり、昌造さんが自分の声で電話に出ることができなかったからではないのか。犯人がヘリウムガスで声を変えていたのなら、その場ですぐに元の声に戻すことはできませんから」

「それって、つまり電話をしてきたのが父本人だったと？」

「そう考えられます。昌造さんは自分で誘拐犯を演じたんです」

「自分で……しかし、どうして父が狂言誘拐など……」

「これは想像ですが、昌造さんは自分の存在をあなたがたに示したかったのではないでしょうか。会社の経営から外され不満を募らせていた昌造さんは、どうしてもあなたがたに一矢を報いたかった。それでこんな計画を立てたのだと思います」

「そんな……まるで子供の駄々じゃないか」

政道は吐き捨てるように言った。景子は続ける。

「昌造さんは自分が誘拐されたように見せかけ、あなたに三百万を要求した。身代金としては少々低額に思えますが、これも昌造さんの意図でしょう。あまり高額にすると金を用意することができなくて、あなたが警察に通報するかもしれないと危ぶんだんです。そしてあなたは指示されたとおりに川嶋に金の入った鞄を持たせ、受け渡しの場所へ行かせた。彼が共犯者であることも知らずに」

「違う」

黙っていた川嶋が、呟くように言った。

「私は、誘拐のことなんか知らなかった」

「そうだな。今のは訂正する。君はその時点ではまだ誘拐に加担していなかった。ただこの誘拐が昌造さんの自作自演であることは察していたはずだ。だからこそ警戒して脅迫文に指紋を付けないよう気をつけていた。君が昌造さんの真意を知ったのは、受け渡しの場所に昌造さん本人が現れたときだな」

「父が？　本当ですか」

「目撃者がいます。あの場に昌造さんは来ていたんです。そして川嶋の前に現れ、事情を明かした。仲間に引き入れるためです。三百万はそのまま着服してもいい。誘拐犯がやってきて金を取ったことにしろ、とね。昌造さんのシナリオでは身代金が払われたことにして、自分は無事に戻って子供たちに存在感をあらためて示すつもりだった。川嶋を金の受け渡しに指名したのは、彼なら御しやすいと考えたからでしょう。それだけ昌造さんにも信用されていたわけです。しかし昌造さんも、そしてあなたがたも、この男の本性を見抜いていなかった。彼を採用したとき、身許調査はしましたか」

「一応は。まあ、書類審査程度のものですが」

「では彼の素性は知らなかったわけですね。こちらで調べてみたところ、彼は十歳のときに川嶋家に養子縁組をしていることがわかりました。その前の姓は里崎《さとざき》。本当の両親は彼を残して心中自殺しています。昌造さんの少々あくどい手口で会社を潰されたおかげでね」

「少々なんてもんじゃない！」

川嶋が突然、声を張り上げた。

「あいつは卑劣なやりかたで、親父の財産を根こそぎ奪っていったんだ。そのせいで親父とおふくろは首を吊った。残された俺は、おふくろの姉夫婦の子供になった。義理の母親からは、親父とおふくろが死ななきゃならなかった理由を何度も聞かされた。みんな蔦村昌造のせいだと。だから……」

「おまえ……復讐のために、蔦村商事に就職したのか」

政道の問いかけに、川嶋はかすかに笑った。

「そうだよ。でも、殺そうなんて思っていなかった。俺は自分の力でこの会社を乗っ取るつもりだった。親父が奪われたものを自分の力で取り戻そうと思ったんだ。だからおまえたちに取り入った。誠実な社員を演じてみせた。ばりばり働いて信用を得た。今じゃおまえたち、俺がいないと会社も家も成り立たせられないくらい俺に依存するようになった。ほんと、甘いよな」

「目的は達成間近だったわけだ」

景子は言った。

「なのに、どうして昌造さんを殺した？」

「あのとき、身代金の受け渡し場所にあいつ本人が現れて、何もかも自分が仕組んだことだって言ったとき、俺は思ったんだ。こいつ、クズだ。こんな奴のために親父もおふくろも死んだ。そして俺も、自分の人生をかけて一生懸命働いた。そんなことが、ものすごく忌ま忌ましくなったんだ。こいつは俺の人生を目茶苦茶にした。許せないって。

だから、あいつに言ってやった。あんたの息子も娘も、あんたのことを少しも心配しちゃいない。身代金も社会的体面のために用意しただけで、本当はすごく惜しんでいたとな。そして、本気で子供たちに後悔させたいなら、この程度で済ませちゃいけない。もっともっと苦しませてやるべきだと忠告してやった。あいつはあっさりと俺の言うことに乗ってきた。

身代金受け渡しに失敗して殺されたことにしよう、と提案した。そうすればさすがにあんたの子供たちもあんたの存在の大切さを痛感するだろうって。あいつは俺の言うとおり、息子に電話をかけた。自分自身の死刑宣告の電話を」

「そして、あの公園で昌造さんを殺したのか」

「死んだふりをするだけだからと騙して、あそこに連れていった。そして初めて俺の素性を明かしてやった。でも、あいつは親父のことなんかすっかり忘れていた。どうしようもない奴だ。俺はあいつに、親父やおふくろと同じような死にかたをさせてやった。首を絞めたんだ。苦しがってたよ。最期は本当に、苦しそうだった」

「おまえっ！」

政道が飛びかかろうとする。それを景子が押し止めた。

「後は、警察に任せてください」

6

「やっぱり思ったとおりだったか。それはそれで、ちょっと辛いけどね」

そう言って新太郎は、マッカランのロックを妻の前に差し出した。

「結局この事件、昌造の思惑に川嶋の思惑がごっちゃになって、奇妙な形になっちゃってたわけね」

「そう、ふたつの思惑がメランジェされてたんだ」

「それを新太郎君がきれいに分けた」

「僕の力なんかじゃないよ。たぶん混ぜ合わさったように見えても、ふたつはそのうち分離して、はっきりとわかるようになったんじゃないかな」

「そうかしらね。ま、人生にはいくつもの痛みがあるってことで」

「何それ？」

「川嶋を逮捕した後で、間宮さんがそんなこと言ってたの。忘れたつもりでも、また痛みだすことが人生にはあるって。川嶋も、その痛みでおかしくなっちゃったのかもね」

「痛みか……」

新太郎は自分のグラスを見つめる。

「どうしたの？」

「いや、僕にもそういうの、あるかもなって」

「どんな？」

「話すほどのことじゃないよ。そういうのって、景子さんにもあるでしょ？」

「まあ、ね。わたしだって、そこそこ人間やってるんだから。だから」

「ん？」

「とりあえず、飲みましょう」

ふたつのグラスが、澄んだ音を立てた。

八品目——殺意の古漬け　夫婦の機微を添えて

1

主菜は鯵《あじ》の竜田揚げ。南蛮ソースをかけて大根おろしをたっぷり載せてある。副菜は万願寺《まんがんじ》とうがらしの煮浸しに、豆腐と刻んだ余り野菜で作った即席のがんもどき。それになめこの味噌汁と漬け物が、ほかほかの御飯に添えられている。

「わお」

湯気の立つ料理を前にして、京堂景子《きょうどうけいこ》の頬が緩んだ。

「いただきまあす」

箸を持った瞬間から、彼女の健啖《けんたん》ぶりが発揮される。

「……うわ、なにこれ竜田揚げ美味《おい》しい！　それにこのがんもどき！　これほんとに新太郎《しんたろう》君が自分で作ったの？」

「うん、意外と簡単だよ。それに、このほうががんもどきに好きなものを入れて作れるから」

キッチンで洗い物をしていた新太郎が応じる。

「今回はベーコンを入れて、ちょっと洋風にしてみたんだ」

「あ、これベーコンなのね。風味があっていいわあ」

たちまちのうちに料理を平らげる。

「あー、美味しかった。ごちそうさま」

「どういたしまして」

新太郎は空《から》になった器を片付ける。洗い物はすぐに片付けないと気が済まない性格なのだ。

「ところで、この漬け物はどうだった？」

「ん？　これ？　塩辛くなくて食べやすかったわよ」

「そうか。よかった」

「あ、もしかしてこれも？」

「漬け物にもチャレンジしてみました」

新太郎はにっこりと微笑む。

「まだ糠床《ぬかどこ》が新しいから、ちゃんと漬かってるかどうか不安だったんだけど」

「充分美味しいわよ。でもすごいなあ。がんもどきも漬け物も自分で作っちゃうなんて。わたし、ほんとにいい旦那を見つけたと思うわ」

「いやいや、これもただの趣味だから」

新太郎は謙遜する。イラストレーターという職業柄、普段はほとんど家にいる。だから炊事洗濯掃除に町内会の仕事まで、すべて夫である彼が担っていた。愛知県警捜査一課の刑事として事件が起これば不眠不休で捜査に当たらねばならない妻の景子は、家のことは一切合切夫に任せきりなのだ。たまにそれを心苦しく感じることもあるのだが、当の新太郎は嬉々として家事にいそしんでいる。

「どう？　この後、飲む？」

新太郎が訊く。

「うん、ちょっとだけ」

「了解」

洗い物を済ませると、新太郎はふたつのグラスに氷を入れ、マッカランを注いでテーブルに持ってきた。おつまみはアーモンドのみ。

グラスを軽く合わせ、口に運ぶ。

「……うん、やっぱりこのお酒、飲みやすくて好き」

景子は微笑《ほほえ》む。

「仕事から帰って旦那さんの料理食べて、こうして美味しいお酒飲んで……わたし果報者だよね。仕事がキツいからって文句言っちゃ罰《ばち》が当たるかな」

「仕事、大変だったの？　難しい事件？」

「難しいって言うか……そうだ。古漬けって何？　漬け物の一種？」

景子の唐突な質問に、新太郎はいささか戸惑いながら、

「古漬け？　ああ、その名のとおり、長い時間をかけて漬け込んだ漬け物のことだけど。それ

がどうかした？」

「うん、今かかわってる事件で容疑者が言ってたの。『わたしは古漬けみたいなものだ』って」

「容疑者？　もう捕まってるの？」

「そうなの。でもね……なんか納得いかないのよ」

景子はグラスを傾ける。中の氷が動いて、音を立てた。

「ねえ、いつもみたいに話、聞いてくれる？」

担当している事件で行き詰まったり納得できないことがあったりすると、景子はいつも新太郎に相談を持ちかけるのだった。

「別にいいけど」

新太郎も今ではそれに慣れていた。グラスのスコッチを少し飲んで、言った。

「で、どんな事件？」

2

名古屋市千種《ちくさ》区茶屋《ちゃや》が坂《さか》、地下鉄名城《めいじょう》線茶屋が坂駅に程近い住宅街に建つ家が、事件の現場だった。

午前十時十五分、京堂景子警部補を乗せた車が到着すると、現場の前で立ち番をしていた制服警官たちの表情が一変した。彼女がやってくることは前もって知らされていたのだ。

車のドアが開き、まず運転席から生田《いくた》刑事が出てきた。捜査一課ではまだ若手だ。続いて後部座席から降りてきたのは間宮《まみや》警部補、こちらは県警内でもベテランのひとりで、古狸の異名を持つ。

最後に景子が車を降りた。チャコールグレイのスーツの上からでも彼女の均整の取れた姿形はよくわかる。ショートにカットした髪の下にあるのは凜とした面差し。見た目だけなら刑事役を演じている女優のようだ。

しかしその姿を下品に眺め回すような振る舞いをする人間は、警察関係者にはいない。そんなことをすれば彼女の氷のような一瞥を食らって心臓麻痺を起こすのが落ちだからだ。

氷の女王――それが県警内での彼女の異名だった。彼女の機嫌を損ねると県警本部長でさえ無事ではいられない、という噂もまことしやかに囁かれている。

「これは……」

現場の家を前にして、生田が声を洩らした。

「何があったんだ?」

現場は築三十年くらいの一軒家だった。周囲の家々が比較的新しいのに比べると、結構老朽化して見える。しかし問題は、家の古さではなかった。家の西側の屋根から壁面にかけて、青いビニールシートで覆われているのだ。

「火事でもあったようだわな」

間宮が言った。

「ほれ、壁に黒焦げがあるでよ」

たしかにシートの掛かっていない壁の一部が黒く煤《すす》けていた。

「殺人と火事が一緒に起きたわけですか」

生田が言うと、

「昨日今日に焼けて、もうはいシートが掛けられとるとは思えん。焼けたのは、もっと前だわ」

「じゃあ一体――」

「生田」

景子の冷たい声が生田の言葉を断った。

「あ、はい！　すみませんでした」

生田は背筋を伸ばし、行進をするように家の門を通る。門を守っていた警官たちも直立不動の態勢だった。

半開きの玄関ドアが開いて、中からスーツ姿の男が出てきた。三十歳前後の痩せた男だ。彼も景子の姿を見た途端、車と鉢合わせした猫のように硬直した。

「あ……県警捜査一課の京堂警部補であらせられますか。わ、私は千種署の嶺岡《みねおか》と申します。本日はよろ、よろしくお願いします！」

まるで新兵のように緊張している。

景子は彼の前に立ち、一言、

「説明を」

「あ、はい」

嶺岡は息を整えてから、これまでの経緯を話しはじめた。

県警の通信司令室に一一〇番通報があったのは午前八時五十二分だった。

──夫が死にました。

それだけだった。担当の警察官が詳しい内容を確認する間もなく、通報者は受話器を置いた。だが一一〇番にかけた電話は、通報者が一方的に切ったつもりでも司令室側では繋がったままになっている。この場合も電話番号が確認され、住所も特定された。すぐに近くを巡回中だったパトカーに指令が入り、現場へと急行する。

ふたりの警察官が現場である鶴間《つるま》昭次《しょうじ》宅に到着したのは午前九時十二分だった。インターフォンを押したところ、昭次の妻美佐子《みさこ》が出てきた。通報したのはあなたか、と訊くと「そうです」と答えた。そして家の中に案内した。

警察官は夫婦が寝室に使っているという和室で男性の遺体を発見した。美佐子に確認したところ、夫の昭次に間違いないと証言した。警察官は県警本部に連絡し、所轄である千種署にも出動要請が入った。

「以上のような経緯であります」

報告を終えた嶺岡は、額に浮かぶ汗を拭った。

景子は表情を変えず、言った。

「何があったか、わかっていないのか」

「あ、ええ、はい」

「妻から事情を聞いていないのか」

「それが……警官が到着して以後、まったく話さなくなってしまったので……」

「ショックか」

「そうかもしれませんし、そうでないかも……ああ、すみません。よくわからないんです。頑なに黙っているような雰囲気で……」

嶺岡は狼狽《ろうばい》しながら弁明する。

景子はそんな所轄刑事を見つめ、言った。

「遺体はまだ現場にあるな?」

「はい」

嶺岡が答えると、彼女は家に入っていく。生田と間宮も慌てて後を追った。

家の中はきれいに片付けられていた。廊下も艶が出るほど磨き上げられている。ただ、焦げたような臭いが鼻を刺激した。

廊下を進んで突き当たりを右へ。そこに鑑識員や警察官が集まっていた。

「すみません。見せていただけますか」

生田が言うと、警察官たちは大急ぎで部屋を出た。

八畳の和室だった。壁際に古い箪笥が置かれ、畳の上には布団が敷かれている。その布団の上に男が横向きに倒れていた。

七十歳前後だろうか、痩せて小柄な男性だった。色の褪せたパジャマを着ている。眼を見開き、口を開けたままの状態で絶命していた。

後頭部から夥《おびただ》しい量の血を流していて、敷布団に大きな染みを作っていた。

「死後、五時間くらい経っとるな」

遺体を検分した間宮が言う。

「鈍器で後頭部を一撃か。他に外傷はないみたいだな」

景子も屈《かが》んで遺体を見た。

「凶器は？」

問いかけに鑑識員のひとりが答える。

「これだと思われます。遺体の側《そば》に落ちていました」

ビニール袋に入った状態で差し出されたのは、鉄アレイだった。ふたつの球を持ち手でつなげた格好で、球の片方には「二キログラム」と刻印されていた。もう片方の側には血痕が付着している。

「通報したという被害者の妻は？」

「茶の間にいます」

後からついてきた嶺岡が言った。景子は立ち上がり、

「話したい」

とだけ言った。

嶺岡の案内で茶の間へと向かう。こちらも八畳ほどの広さの和室だった。テレビに卓袱台《ちゃぶだい》、茶簞笥などが置かれている。

ひとりの女性が背筋を伸ばして正座していた。こちらも七十歳前後くらいの年頃で、痩せていた。白髪をひっつめにして纏《まと》めている。身に着けているのは錆鼠《さびねず》色の着物で、一分の隙もなく着こなしていた。両の手は軽く握った状態で膝の上に置いている。

景子も彼女の前に正座した。

「鶴間美佐子さんですね」

女性は答えない。静かな視線で景子を見つめ返してくるだけだ。

「ご主人が亡くなられた件について、お伺いしたいのですが」

景子が問いかけても、返事はなかった。

「なぜ話してくださらないのですか。理由を教えてください」

やはり女性は無言のままだった。ショックで口が利けなくなっているというのでもなさそうだった。自分の意志で沈黙している。ただ景子のほうを見ているだけだ。

景子も彼女を見つめた。失態を犯した同僚たちに向けるような冷たい視線ではない。しかし圧力のある眼差しで女性を見据えた。

そのままふたりは見つめ合う。ほんの数秒のことだが、周囲の者たちには数分の長さに感じられた。

女性が、口を開いた。

「一番偉い方は、どなた？」

「わたしです」

景子は即答した。

「愛知県警捜査一課の京堂と言います」

「あなたが？　まだお若いお嬢さんなのに」

「年齢も性別も関係ありません」

「そう……そういう時代になったのね」

女性は軽く微笑むと、傍らに置かれていた煙草盆を指を丸めたままで引き寄せた。そして少しぎこちない手つきで煙草を取り出し、マッチで火を着けた。

紫煙が彼女の顔の前で揺らぐ。

「あなた、結婚していらっしゃる？」

「ええ」

「ご夫婦仲は、円満？　ごめんなさいね、急にこんなこと訊いちゃったりして」

「円満だと思っています」

景子が答えると、

「そう。それはよかった」

女性は一服喫《の》んで、ゆっくりと煙を吐いた。そして、言った。

「わたしがやりました」

一瞬、間があいた。

「どういう意味ですか」

景子が尋ねると、

「そのままの意味です。わたしが夫を殺しました」

世間話でもするかのような口調で、彼女は言った。

「どうやって？」

景子が重ねて問いかけると、

「鉄アレイで殴ってやりました」

彼女は答えた。

「どうして、そんなことをしたんですか」

質問を続ける景子の口調も落ち着いていた。

「長年の夫婦ですから、いろいろとあるんです」

女性はそう言って、煙草を喫んだ。そして煙と共に、こんな言葉を吐いた。

「古漬けみたいなものなんですよ、わたしは」

3

「——というわけで、その女性、鶴間美佐子が一応自首したものだから、千種署に連れてきて事情を聞いてみたんだけど……」

「納得できない？」

新太郎の問いかけに、景子は頷く。

「なんだか腑に落ちないの。ただ鉄アレイで殴って殺したって言うだけで、それ以上のことは話さないのよ。動機についても古漬け云々って意味のわからないこと言ってるだけだし」

「古漬けねえ」

新太郎はアーモンドを口に入れながら、

「もしかして美佐子さんってひと、漬け物を漬けてるのかな？」

「さあ、そこまではわからないけど。それって重要なこと？」

「いや、ただ気になっただけ。で、景子さんの心証としては美佐子さんは犯人じゃない？」

「断定はできないけど、違うような気がする」

「そうか。僕もそう思うよ。美佐子さんの手の状態からしてね」

「あ、やっぱり気がついた？　わたしも彼女が煙草を吸うときの手付きが妙にぎこちなかったから気になったの。美佐子さん、リウマチなんだって」

「両手とも?」

「うん。指がうまく動かないらしいの。家事が不便だって近所のひとに話してたらしいわ。そんな手の不自由な、しかも七十歳を過ぎた女性が二キロの鉄アレイでひとを殴り殺せるかしら?」

「難しいだろうね。うん、無理だ」

「だよね。わたしもその点を美佐子さんに問い詰めてみたんだけど、黙ったまま何も言わなくなっちゃって」

「ますます怪しいね。でも、美佐子さんが犯人じゃないなら、どうして自分が殺したなんて言ったんだろう?」

「それなんだけどね、周辺の聞き込みで気になる情報が入ってきたの。今日の午前五時頃に早朝の散歩をしていた近所のひとが、鶴間さんの家から出てくる男を見かけたんだって」

「男?」

「顔はよく見えなかったけど、四十歳くらいの作業服姿の男だったそうよ。時間的には昭次さんが殺害された時刻と一致するわ」

「じゃあ、その男が犯人ってこと? 美佐子さんは……もしかして、その男を庇《かば》った?」

「ひょっとしたら、そうかもしれない」

「でも旦那さんを殺したのに庇わなきゃならない人間なんて、いるのかな?」

「それが、いるみたいなのよ」

景子はスコッチで喉を湿して、

「これも近辺の聞き込みでわかったことなんだけど、昭次さんと美佐子さんの間には息子がひとりいたの。鶴間健夫《たけお》って名前で、今年四十四歳。これが若い頃からワルだったらしくて、調べてみたら補導歴三回、逮捕されて刑務所暮らしすること二回、罪状は暴行、窃盗、脅迫と、どうしようもない人間でね、昭次さんと美佐子さんも散々泣かされてきたんだって。それが五年前くらいから姿を見せなくなったそうなの。噂では何かまたよくないことをして姿を晦《くら》ましたらしいんだけど」

「息子か……じゃあ、昭次さんが殺された時刻に家から出ていった男というのが？」

「年齢から見て、健夫って可能性もあるわね。五年ぶりに帰ってきて、そこで昭次さんと揉め事になって、殺してしまった。美佐子さんとしては、ろくでなしでも息子を殺人犯にしたくはない。だから自分が罪を被ろうって気になった。そう考えると辻褄《つじつま》が合うでしょ」

「たしかにね」

新太郎は一応頷く。しかしその表情は冴えなかった。

「どうかした？」

「いや、気にしすぎかもしれないけど……なんかなあ」

どうにも煮え切らない態度だった。が、不意に思いついたように、

「そうだ。あの件はどうなの？　家にビニールシートが被せてあるって」

「ああ、それね。小火《ぼや》があったんだって。客間のあるあたりが燃えただけらしいんだけど」

「ふうん。いつ頃のこと？」

「え？　半年前だって」

「半年前だって」

「みたいね」

「だって半年前って言ったら一月だよ。シートが被せてあるってことは、窓が割れたり屋根か壁が燃えて穴があいてたりするんだよね。そんな状態で冬を越したわけ？」

「近所のひとには『修繕するお金がないから』って言ってたみたいだけど」

「それにしても……うーん……」

新太郎は、また考え込んだ。

「どうにもちぐはぐだなあ。意味の通らないことが多すぎる」

グラスに残っていたスコッチを喉に流し込む。

「もうひとつ気になってるのはさ、美佐子さんが景子さんに『自分が殺した』って告白したことなんだよね」

「どういうこと？」

「自首するつもりだったのなら、最初にやってきたパトカーの警官に『自分がやりました』と言えばいい。いや、最初に電話したときに『夫を殺しました』と言えばいいはずなんだ。なのに、ただ『夫が死にました』と言っただけだった」

「そう言えば、そうね。どうしてだろう？」

「もう一杯、飲む？」

「そうね。飲みましょうか」

新太郎はボトルを持ってきて、それぞれのグラスに注いだ。

「僕が思うに、美佐子さんは警察に通報したとき、まだ自分で罪を被るつもりじゃなかったのかもしれない。気持ちを決めかねてたんだよ。それが景子さんに会って、決心を固めたんじゃないかな」

「わたしに？　どうして？」

「美佐子さんの心の動きまでは、さすがにわからないよ。でも、やってきた警察官の中で景子さんが一番偉いこと、そして結婚してることを確認してから話してる。何か関連があるんだろうね」

「結婚、ねえ……」

景子がその言葉を繰り返したときだった。電話のベルが勢いよく鳴り出した。

「……こんな時間に掛かってくる電話に、ろくなものはないわね」

そう言いながら景子は席を立ち、受話器を取る。

「もしもし……ああ、生田か」

瞬時に彼女の声が仕事用のそれに変わった。

「どうした……うん……うん……え!?」

不意に驚いたような声をあげる。新太郎は何事かと妻のほうを見た。

「……わかった。すぐに行く」

受話器を下ろした景子は、複雑な表情を浮かべていた。

「出かける？」

新太郎が訊くと、

「うん、なんか、予想もしてなかったというか、ある意味予想どおりというか」

「何、それ？」

「三十分くらい前に池下《いけした》の交差点近くで不審な男が職質から逃げようとして警官を殴って緊急逮捕されたの。で、交番で取り調べしたら、茶屋が坂で人を殺したことを自白したんだって」

「それって鶴間さんのこと？　じゃあ、そいつが健夫？」

「それがねえ。全然別人。鶴間さんの家の近くに住んでるフリーターらしいの」

「別人……」

「さっきの推理、美佐子さんが息子を庇おうとして罪を被ったって考えは覆《くつがえ》っちゃったわね。でも、じゃあどうして美佐子さんは……とにかく、千種署に行ってくるわ」

景子は服を着替えるため、自分の部屋に向かった。

戻ってくると、新太郎が深刻な顔をして考え込んでいる。

「じゃあ、行ってくるわね。帰りは何時になるかわからないから、先に寝てて――」

「景子さん」

新太郎は言った。

「すぐに鶴間さんの家を調べさせてよ」

「家？　どうして？」

「気になるんだ。家事で燃えた部屋の……床下を探ってほしい」

「床下に、何があるの？」

「僕の想像が正しければ」

新太郎は、少し悲しそうな表情で、言った。

「そこに、健夫がいると思う」

4

取調室の薄汚れた壁に、窓からの朝日が歪んだ長方形に差し込んでいる。

陽差しは椅子に座っている着物姿の鶴間美佐子の胸元も照らしていた。

「矢口俊明《やぐちとしあき》が何もかも自供しました」

景子の言葉に、彼女は椅子の上に姿勢よく座ったまま、身動きひとつしなかった。

「彼は昨日の午前四時頃、酔った勢いであなたがたの家に忍び込んだ。窓ガラスが火事で割れたままだったから、侵入するのは楽だったそうです。盗みに入るつもりではなかったと本人は言っています。ただ、酔った勢いだったと」

景子も椅子に座ったまま、淡々と話した。

「矢口は侵入した客間から、あなたがたが寝ている和室に入った。そして、あなたがたを起こしてしまった。昭次さんは彼を見て『また出たか！』と叫んで飛びかかってきた。驚いた矢口はそれを無理矢理引き剝がして突き飛ばした。昭次さんは足を滑らせて転倒。畳の上に置かれていた鉄アレイで頭を打った。

矢口は助けようと思ったと言っている。しかしみるみる血が噴き出してきて真っ赤になったのを見て、どうしていいのかわからなくなった。そのとき、あなたに言われたそうです。『逃げなさい』と」

美佐子は表情を変えない。まるで他人事《ひとごと》のように景子の話を聞いている。

「あなたはなぜ、夫を殺した男を逃がしたんですか。そしてなぜ、その罪を被ろうとしたのですか」

景子は美佐子を見つめる。美佐子も視線を逸らさなかった。

景子は言葉を継いだ。

「それは、客間の床下の地中から発見されたもののせいですか」

はじめて、美佐子の表情が揺らいだ。

「……見つけたのですか」

「ええ。男性の白骨を一体。あれは……息子さんですね？」

美佐子はすぐには答えなかった。朝日の差す窓に眼を向け、小さく溜息をつく。

「……健夫です」

短く言った。

「ご主人が殺したのですか」

「ええ……五年前です。いつものように家で暴れて、わたしや主人に殴りかかって。どうにも我慢できなくなったんでしょうね、わたしの裁ち鋏《ばさみ》で主人が……殺してしまった後、主人は息子の遺骸を床下に埋めました。そして『このことは絶対に口外するな』とわたしに言いました。『誰かに訊かれたら、健夫はどこかに行ってしまったと答えておけ』と。だからわたし、そうしてました」

「火事になった客間を修繕しなかったのは、遺体を見つけられたくなかったからですか」

「そうです。小火の後で消防署だか警察だかのひとが調べにきたとき、主人は床下を探られやしないかとひやひやしてました。ましてや業者が修繕に入ったりしたら、埋めておいた健夫が見つかってしまうかもしれない。だから手を着けられなかったんです。おかげで雨風や雪が吹き込んできて、大変でした」

世間話のように、美佐子は言った。

「あなたは、息子を殺して隠しているご主人のことを恨んでいたのですか。だから頭部を打って出血しているのに救急車を呼ばず、警察に通報した。もしかしたら、ご主人が完全に絶命するのを待って」

「頭をひどく打ってましたから、もう駄目だろうと思いました。もし助かったとしても、体や頭に障害が残るかもしれない。そうなると世話をさせられるのはわたしです。ただでさえ自分の体が思うように動かないのに、主人の世話まで引き受けられませんもの。煙草、吸ってもよろしいですか」

答える代わりに景子は灰皿を勧めた。美佐子は和装バッグから煙草とマッチを取り出すと、やはりぎこちない手つきで火を着けた。

「主人を憎んでいたか、と訊かれましたね。どうでしょうか。そういう気持ちも、あったにはあったと思います。たしかにしようもない息子でしたけど、わたしにはひとりきりの子供でした。それを殺して黙《だんま》りを決め込んでいた主人のことを恨んでいたかもしれません。

でもね、恨みの気持ちだけで五年も暮らしてたわけじゃないんですよ。主人のやったことを許したくはないけど、あのひとが刑務所に送られるのも厭《いや》だった。じゃあどうしたらいいかって決められなくて、ずるずると過ごしてきたというのが本当のところでしょうか。

昨日、主人が倒されて頭を打ったとき……そうそう、あの鉄アレイね、主人が体を鍛えるんだって毎日持ち上げてたんですよ。寝る前にトレーニングして、そのまま枕元に置いて。それで頭を打って死んじゃったんだから、世話がないですね。

何の話でしたっけ……ああ、主人が倒れて血を流しているを見たときです。わたしは怖いのとびっくりしたのと、よくわからない気持ちでいたのですけど、結局思ったのは、これは健夫の意趣返しなんだってことでした。侵入してきた男が、わたしには健夫の生き返りみたいに思えたんです。ひょっとしたら主人も同じことを思ったのかもしれませんね。あのとき男に『また出たか！』と言ってましたから。主人は息子を殺した後、息子の夢を繰り返し見てたんですよ。横で寝てて、うなされるのを何度も見ましたもの。

そして、こうも思いました。ああ、これで何もかも終わらせられるって。あのひとが死んでしまえば、わたしの中のもやもやした気持ちにも片がつけられる。健夫のことを大っぴらにできて、お骨を墓に入れてやれる。ありがたいってね」

「あなたが矢口を逃がしたのは……礼のつもりだったのですか」

「そう、そんな気持ちだったと思います。なんだか警察に突き出すのも忍びなくなっちゃって」

「しかしなぜ、自分がやったと？」

「最初はそんなこと、言うつもりはありませんでした。主人が自分で足を滑らせて頭を打って死んだと言おうか、なんて思ってました。でも日本の警察って優秀っていうじゃないですか。わたしの嘘なんて見破るかもしれない。だから様子見のつもりで黙ってたんです。

そこへ、あなたがいらした」

美佐子は景子に笑みを見せた。

「まだ若い女のひとなのに、捜査にいらした警察の方々を仕切っていると聞いて、ちょっと興味を持ちました。しかも結婚してらして夫婦仲もご円満。それなら、と思ったんです。このひとの手柄になってあげようって」

「わたしの？」

「犯人を捕まえれば出世できるんでしょ。わたし、あなたみたいなひとに頑張ってほしいんです。殿方に伍《ご》してばりばり活躍していただきたいんです。だから、わたし自身を差し出してみましたの」

「そんな、ことのために？」

「ご迷惑でした？」

「捜査を攪乱《かくらん》されたのですから、迷惑ではありましたね」

「それは申しわけありませんでした。やっぱりわたし、古漬けですわね。年季が入っている分、元のものとは何もかも変わってしまった。昔はもっと、素直でわかりやすい人間でしたのに」

美佐子は煙草を喫む。ゆっくりと煙を吐きながら、

「そういえば、健夫の埋まってた床下にポリバケツもありましたでしょ」

「ええ、中身も確認しました。お漬け物でしたね」

「あれ、どうしました？」

「そのままにしてあります」

「そうですか。もう用はないのにね」

彼女はそう言って、煙草の火を灰皿に押しつけた。

「健夫の好物だったんですよ。主人の眼もあって何の供養もできなかったから、せめて漬け物だけでもと思って近くに埋めておいたんですけど……あれも、もう古漬けになってしまったでしょうねえ」

すでに火の消えた煙草を、美佐子は灰皿に押しつけつづけた。まっすぐにならない指がぎこちなく動く様を、景子はずっと見つめていた。

5

「ああいうのも、夫婦の機微って言うのかしらね」

景子は呟くように言った。

「美佐子さんの気持ち、わかるようでわからない」

「わからないようで、わかる、とも言えるね」

新太郎はそう言って、妻の前に皿を差し出した。

「今日のメインディッシュは鰆《さわら》のパン粉焼きでございます」

焼きたての料理の香りが景子の嗅覚を刺激した。

「うわあ、いただきます」

さっそく食べはじめる。

「あ、美味しい！　チーズが効いてるわね」

「パン粉に粉チーズを混ぜてみたんだ。そういうの、好きだったでしょ」

「うんうん。わたしの好み、覚えててくれたのね」

「こういうのも、夫婦の機微ってやつで」

新太郎は微笑んだ。その笑みを見て、景子の頬も緩む。

「我が家は今のところ、ぎすぎすした機微とは無関係ね」

「今のところはね」

「あ、その含みのある言いかた」

「冗談だって」

笑いながら新太郎は自分の箸を持つ。

京堂家の団欒《だんらん》は、始まったばかりだった。

デザートの一品——男と女のキャラメリゼ

1

その日、築山瞳《つきやまひとみ》は少しだけおめかしをすることにした。

いつも家ではジャージの上下で過ごすことが多く、近所のコンビニに出かけるときにはそのままの格好で行くことに躊躇《ためら》いも感じないのだが、今日はそれなりの身繕《みづくろ》いが必要だろうと判断したのだ。

ワードローブを探って迷った末に、ライトグレーのニットにキャロットオレンジのスカートを合わせた。その上にお気に入りのキルティングコートを羽織り、ロングブーツを履く。バッグは去年のボーナスで奮発したグッチのショルダー。身に着けるものではこれが一番高価だった。

玄関を出ようとしたところで、母親から声をかけられた。

「どこ行くの？　デートかね？」

「名古屋へ買い物」

「お昼はどうするの？」

「向こうで食べてくる。夕方には帰ってくる」

「いいひとできたなら、うちに連れてこな」

「だからデートじゃないって」

少し苛立ちながら家を出た。

最近母親は何かと神経に障るようなことを言うようになった。娘が年頃なので気にしているのだろうが、正直大きなお世話だ。今は仕事が忙しくて、他のことに気を回す余裕はない。

瞳の家は豊田市《とよたし》駅から徒歩十五分ほどのところにある。一月下旬の冷たい風に頰を叩かれながら、彼女は駅に向かって歩いた。

ちょうど駅に着いたとき、スマホが着メロを響かせた。圭織《かおり》からだった。

——もしもし、瞳？　ごめん、今日行けなくなっちゃった。

「あ、そうなの？」

——モミジが下痢ピーしちゃって、これから獣医さんに連れていかなきゃならないの。ごめん。

モミジというのは圭織が溺愛しているチワワの名前だ。

「しかたないね。モミジちゃんお大事に」

——ごめんね。ほんと、ごめん。

何度も「ごめん」を繰り返して圭織は電話を切った。

「ふぅ……」

溜息をひとつ。

どうしよう。今日は圭織の買い物についていくことになっていたのだ。肝心の彼女が来られなくなったのなら、出かける意味はない。といって今戻ればまた母親に何か言われるかもしれない。

三十秒ほど逡《しゅんじゅん》巡してから、瞳は決めた。よし、ひとりで行こう。せっかくの公休日なんだし。

駅から名鉄豊田線に乗って伏見《ふしみ》まで、そこから地下鉄に乗り換えて栄《さかえ》へと向かう。電車に揺られながら、瞳は圭織が来られなくなったことに少しだけ安堵している自分に気付いた。

彼女とは高校時代からの友人だ。気の置けない仲といってもいいのかもしれない。付き合いは別の大学に進んだ後も、お互いが就職した後も続いていた。時間が合えば出かけたり一緒に食事をしている。

それでもときどき、彼女が疎ましく感じるときもあった。ひどく詮索好きなところがあるのだ。仕事のことや恋愛のことなど、根掘り葉掘り尋ねてくる。長い付き合いなのでそのあたりは適当に流す方法を身に着けてはいるのだが、それでも鬱陶《うっとう》しいときはある。

特に最近は、瞳の仕事についてあれこれと訊《き》いてくることが多かった。彼女のように普通の会社でＯＬなどをしている人間には物珍しいのかもしれない。一般の人間が一生見る機会がないだろうものも、当たり前のように眼にしている。圭織はそういうことを訊きたがるのだ。

今度訊かれたら、九月にあった殺人事件のことを話してやろうか。発見された遺体がどれだけ陰惨な状態だったか、微に入り細をうがち描写してやることを想像する。さすがに辟易《へきえき》するだろうか。

いや駄目だ、きっと圭織は「やだあ」などと言いながらも興味津々で話を聞くだけだろう。そういうタイプなのだ。

今日ふたつめの溜息。

そのとき、隣に座っている男性が広げている新聞の記事が眼に入った。

【連続殺人依然手がかりなし】という小見出しが躍っている。

すぐに何のことだかわかった。ここ三ヶ月の間に名古屋市内で発生している殺人事件だ。瞳の管轄内では起きていないので直接関わってはいないが、情報だけは届いている。すでに三人の女性が殺害されていた。どの被害者も人気《ひとけ》のない空き地に連れ込まれ絞殺されている。愛知県警は捜査本部を設け懸命に捜査しているが、犯人の遺留品はなく、被害者との関係も摑めていない。今のところ暗中模索の状態らしい。

新聞記事の内容まで読むことはできなかったが、おそらく警察への手厳しい言葉が並んでいるのだろう。他人事《ひとごと》ながら瞳は肩身の狭い思いがした。

ふと思う。あのひとはこの事件の捜査に関わっているのだろうか。もしそうだとしたら今頃は大変だろうな。いや、あのひとだったらこんなに事件の解決を長引かせはしないだろう。きっと快刀乱麻を断つごとく謎を解いて犯人を暴き出しているはずだ。

自分の顔がにやけているのに気付き、瞳は思わず居住まいを正した。あのひとの前でこんな顔をしてみせたら、たちどころに冷たい視線を浴びて心臓を射抜かれてしまうだろう。もっとちゃんとしなければならない。

いや、今は公休なんだし、別に本人を目の前にしているわけではないのだから、そこまで杓子定規にならなくてもいいのか。いやいや、いついかなるときも自分は自分を律していなければならない。あのひとのように。

などと考えているうちに、地下鉄は伏見駅に到着した。瞳は慌てて乗り換える。伏見から栄までは東山《ひがしやま》線で一駅だ。

到着した栄の地下街はごった返していた。休日とはいえ、この人出はすごい。豊田も愛知県内では大きな都市だが、やはり名古屋の規模には負けると思った。

まずは三越へ。婦人服売り場をざっと眺め、春物でいいものがないか探してみる。そそられるものは二点ほどあったが、どちらも値札を見て断念した。やはりグッチのバッグなど買わないほうがよかったのか。いやしかし、これは一生ものなんだし、と自分に言い訳しながらラシックへと移動する。

気が付くと時刻は午後一時を過ぎていた。突然空腹を覚える。店内の洋食屋でオムライスを食べた。

食事を終えてショッピングを再開する。彼女の好みに合うカジュアルウェアを扱うショップがあったので、そこでしばらく品定めをした後、ブラウスを一着購入した。予算内に納まる価格だったので嬉しかった。

その後も靴やアクセサリーの店を覗いてみる。宝飾品にはあまり興味がなく身に着けることもないのだが、見る分には楽しい。

ラシックを出て再び地下街へ。歩き回ったせいで足が疲れていた。喉も渇く。眼についた喫茶店に入ってみた。

レモンスカッシュを注文してスマホを取り出す。圭織から「モミジ注射打たれた！　カワイソー。でも元気！」とLINEのメッセージが届いていた。添付されている写真にはモミジのアップが写っている。「よかったね」とだけ返事をして送る。もう少し何か書いてもよかったかな、と少し考えスタンプを送った。

注文したレモンスカッシュがやってくる。レスカなんて飲むの久しぶりだな、などと思いながらストローをくわえようとして、ふと右側あたりに視線を動かした。

そのまま、動けなくなった。

衝立《ついたて》を挟んだひとつ向こうの席で、一組の男女が相対している。

女性はラベンダー色のタートルネックセーターを着ていた。体のラインがはっきりとわかるデザインのもので、バストの形の良さが眼を引く。艶やかな髪は短めにカットしていて、彼女の整った横顔を引き立てていた。

まさか。

瞳は念のために瞬きをして、それからもう一度見た。間違いない。あのひとだ。

あそこに座っているのは、愛知県警捜査一課で氷の女王と恐れられている京堂景子《きょうどうけいこ》警部補に間違いない。

2

瞳はレモンスカッシュを一口啜《すす》った。冷たさと酸味が彼女を現実に引き戻す。

ヤバい。

咄嗟に頭を過《よぎ》ったのは、その言葉だった。学校帰りに校則違反の買い食いをしているところを教師に見つかったような気分だ。

別に何も悪いことはしていないのだけど、こんなところにふらふら出かけてきて買い物なんかしているのを見られるのはよろしくない。査定に響くとまでは思わないが、京堂警部補の自分に対する評価が下がってしまうかもしれない。それは絶対に避けたかった。首を竦め、自分を悟られないように横を向いた。

しかし同時に、この上ない喜びも体の底から湧き上がってきた。あの京堂警部補とこんなところで出会うなんて。これは偶然だろうか。いや、これは絶対に運命だ。運命の女神が自分をこの場に導いてくれたのだ。

京堂警部補は、瞳の憧れのひとだった。腕利きの男たちに伍して事件の渦中《かちゅう》に飛び込み捜査を指揮する。そしてときには凶悪犯を叩きのめし、ときには難攻不落のトリックを解き明かし、誰よりも鮮やかに真相を暴いて犯人を逮捕する。その姿から彼女には多くの異名があった。曰《いわ》く鉄《アイアン・レディー》女、曰く氷の女、曰くカミソリ女、そして氷の女王。

その武勇伝は県警内に轟《とどろ》いていた。逮捕時に歯向かった暴力団員が顎の骨を折る大怪我を負わされたとか、どんな不可解な謎も一晩で解いてしまうとか、代々の県警本部長には「京堂景子にはアンタッチャブル」という申し送りがあるとか、じつは殺しのライセンスを持っているとか、その他いろいろ。

真実とも嘘ともわからないそんな噂は、いつの間にか瞳の耳にも届いていた。そして彼女は、まだ見ぬ氷の女王に敬虔な畏怖の情と強い思慕を抱くようになったのだ。

自分も京堂警部補のようになりたい。それが無理でも、せめて京堂警部補の下で働きたい。そんな思いは日に日に強くなっていった。

その願いが一度だけ、叶えられた。昨年九月、彼女の勤めている署内で起きた殺人事件の捜査に京堂警部補が乗り出してきたのだ。

目の当たりにした彼女のオーラは半端ではなかった。本当に視線ひとつで一線の刑事たちを動かしていた。冷徹ともいえる態度で現場に臨み、的確に指示を出していた。その姿は峻厳《しゅんげん》で強靭で唯一無二で、そして何より美しかった。瞳は思わずその場に跪《ひざまず》いて拝んでしまいそうになるのを、なんとか堪《こら》えていた。

あのとき、京堂警部補と交わしたいくつかの言葉は、瞳の胸にしっかりと刻まれている。本心は、その場で「あなたの部下にしてください」と直訴したかった。しかしその感情は極力抑え、精一杯、自分が有能であることをアピールしたつもりだった。それが彼女に届いていることを心の底から願った。

その京堂警部補が、今、自分のすぐ近くにいる。

驚き、喜び、恐れ、いろいろな感情が渦を巻いて瞳の心と体を翻弄していた。どうしよう、どうしたらいいの。てか、わたし、今何をしてるの？　何をしたらいいの？

おそるおそる、視線を向けた。京堂警部補は静かにコーヒーカップを口に運んでいる。

やっと気付いた。あの服装からすると、彼女も仕事中ではないようだ。自分と同じく、公休なのだ。ということは……。

そのときになって初めて、瞳は連れの男性に眼を向けた。

若い男だった。京堂警部補より五歳か、あるいはそれ以上年下かもしれない。ほっそりとした体付きをしている。髪は長く手入れが行き届いているようだった。グレイのダンガリーシャツを着ている。

その横顔は、とても整っていた。どこかで擦れ違ったら、思わず二度見してしまうかもしれない。最近はイケメンという言葉も安っぽく使われるようになって、どう好意的に見てもイケてるとは思えないような残念な顔立ちの男にまでこのキャッチフレーズが冠せられるようになったが、この男性なら十人いて十人がイケメンと呼ぶことに異議は唱えないだろう。それくらいの美貌だった。

京堂警部補とふたりで相対して座っているだけで、その場所だけがまわりとは別の空間に見える。それは瞳の贔屓目《ひいき》ではない。これだけの美男美女がいたら、その場も華やごうというものだ。

瞳はしばし、ふたりの顔を陶然と眺めていた。が、ふと我に返って顔を伏せる。駄目だ駄目だ。自分がここにいることを京堂警部補に知られてはならない。

それにしても、あの男性は何者だろう。プライベートの時間に会っているのだから仕事関係――警察関係者とも思えない。年齢差からすると弟？　でも、全然似ていない。

一瞬「夫」という言葉が頭を過ったが、それはすぐに打ち消した。京堂警部補が結婚しているとは思えない。いや、思いたくない。あのひとは絶対、独身であるべきだ。瞳は頑《かたく》なにそう思った。

やはり彼氏だろうか。年下の彼がいるのか。それもあまり想像しにくいが、現に目の前にふたりでいる以上、否定はできない。でも本当に？

ふたりの関係を知りたいという欲求がむくむくと湧き上がってきた。不謹慎とはわかっていても、京堂警部補のことなら知りたい。何でも知りたい。

かといって本人に訊くわけにはいかない。この場に居合わせていることを知られたくはないのだ。今はそっと様子を見守り、想像を巡らせてみるしかなかった。

瞳はしばらくの間レモンスカッシュをちびちびと飲みながら、それとなく彼らの席に視線を走らせていた。

京堂警部補と男性は何か話をしているようだが、少し離れている上に他の客たちの会話が邪魔をして聞き取ることはできない。でもよく見ていると、男性のほうから多く話しかけているようだった。ときどき笑顔を見せたりしている。

対する京堂警部補は、あまり表情を表に出してはいなかった。しかし捜査現場で見せたような冷厳な表情でもない。ふたりの関係が、ますますわからなくなった。

そのまま五分ほど、彼らの様子を観察する。相変わらず男性のほうから話しかけて、それに京堂警部補が応じるという形が続いていた。

と、逆に京堂警部補のほうが何か言って席を立った。そしてバッグを手に店を出ていった。手洗いだな、と瞳は推測した。地下街のトイレは店の外にある。

ひとりになった男性は傍《かたわ》らに置いたコートのポケットを探りはじめた。

やっぱりいい男だな、と思う。モデルやタレントになってもおかしくない。いや、もしかしたらプロなのかも。テレビとかで見た記憶はないが、どこかのファッション雑誌で仕事をしていたとしても全然違和感はない。やっぱり京堂警部補くらいになると、付き合う相手もそれくらいの人間になるのだろうか。わたしみたいな何の取り柄もない人間など相手にしてもらえないのかな。いやいや、別に京堂警部補と付き合いたいとか、そんな欲求はないのだけど。全然そっちの気はないし。でも京堂警部補となら、ちょっとくらいは……って、何考えてるんだろ、わたし。

ひとり想像の世界で頬を赤らめる瞳は、しかし次の瞬間、自分が見ているものに息を呑んだ。あの男性がコートのポケットから取り出したのは、目薬の容器のようなものだった。彼はそれを京堂警部補のコーヒーカップの上に持っていく。

そして、中に入っている液体を数滴、垂らし込んだ。

え？　なに？

瞳は自分が見たものに衝撃を受けていた。今のは一体、何の真似だ？

男性は容器を素早く隠し、何事もなかったかのようにスマホを弄《いじ》りはじめた。

間もなく京堂警部補が戻ってきた。男性に何か言ってから席に座り、目の前のコーヒーカップを手に取り、口に運んだ。

「あ……」

思わず声をあげそうになる。が、結局それは言葉にならなかった。

その後も先程までと変わらない様子で、ふたりは言葉を交わしていたが、程なく同時に席を立った。どうやら店を出るようだ。

瞳も残りのレモンスカッシュを飲み干し、レシートを手に取った。京堂警部補たちの精算が終わって店を出るのを待って自分もレジに向かう。お釣りなしぴったりに小銭を用意していたので、ふたりを見失うことなく店を出ることができた。

ふたりは地下街を東に向かって歩いている。瞳は少し距離をおいて、後を追った。

先程の男性の行為が、ひどく気がかりだった。それまでは仲のよいデートに見えていたのが、一瞬にして何か不穏なものとなってしまったような気がする。

サカエチカから森の地下街へ、ふたりは雑踏に紛れながら歩いていく。やがて中日ビル方面の出口から地上へと出た。

外は相変わらず冷たい風が吹いている。その中をふたりは歩き続ける。後ろから見ていると男性のほうが京堂警部補を何かと気遣っているように感じられた。

中区役所の交差点で南に折れる。その先をさらに東へ。名古屋の中心街ではあっても、休日のこのあたりは人通りがほとんどなく、閑散としていた。

そのあたりから京堂警部補の様子がおかしくなりはじめた。酔っぱらっているように足取りが覚束《おぼつか》なくなり、体もふらつきだしたのだ。それを男性が支えるようにしている。

やがて彼らは狭い路地へと入っていった。正確には男性に引きずられて、京堂警部補がそちらに連れ込まれたように見えた。

瞳は急ぎ足で路地に向かった。

人気《ひとけ》のない場所だった。民家の間に車の停まっていないコインパーキングがある。ふたりはそこに入っていった。

瞳は民家の陰から覗き込む。そこにいるのはふたりだけだった。

京堂警部補はもう立っていられないといった様子で、男性に縋《すが》りついている。しかしそれもできなくなったようで、やがて地面に尻餅を突き、ずるずると横たわった。

男性はそんな京堂警部補の姿を無言で見つめている。その視線が、ぞっとするほど冷たかった。

彼は地面に横たわっている京堂警部補の傍らにしゃがみ込み、そのまましばらく彼女の顔を見つめていた。と、コートのポケットに手を入れる。

取り出したのは、荷造りに使う紐のようなものだった。

男性はその紐を愛おしそうに見つめ、それからゆっくりと京堂警部補の首に巻き付けた。

彼が口を開く。その言葉が瞳の耳にも届いた。

「……さよなら、愛しいひと」

男性は紐の端を握りしめる。

「駄目っ！」

瞳は思わず叫んでいた。

男は振り返る。彼女と視線が合った。

瞳は飛び出していた。

「やめて！」

何も考えず、男を突き飛ばした。

男は不意を突かれてつんのめった。

「痛《い》てっ……なんだ、おまえ？」

怒りを含んだ冷たい声だった。

「なんだよ、おまえっ！」

いきなり飛びかかってくる。瞳は無意識に身をかわし、相手の膝裏を蹴った。研修で覚えた技だ。

男はまた地面に転がった。

「やめなさい!」

瞳は叫んだ。

「あなた一体、何なのよ!? 京堂さんをどうするつもりなの?」

「……おまえこそ、何なんだよ……」

体を起こしながら、男は言った。

「女のくせに……だから女なんて……!」

片膝を立てた体勢でコートのポケットに手を入れる。出てきたのは小振りのナイフだった。

凶器を前にして瞳は硬直する。

「や……やめなさい。そんなこと――」

「うるせえっ! 女なんて……みんなぶっ殺してやる!」

男は立ち上がろうとした。

次の瞬間、立ち竦む瞳の傍らを何かが疾風のように駆けていった。

それは勢いよく男に向かって突進すると、彼の立てた膝を踏み台にして飛び上がり、その顔面に膝を叩き込んだ。

「ぐあっ……!」

男は潰れた蛙のような声を洩《も》らして、その場に突っ伏した。

瞳はその光景を見て、思わず呟いた。

「……シ、シャイニングウィザード……！」

技を放った主は男を冷然と見つめ、それから衣服に着いた砂を払った。

「京堂警部補……」

瞳の呼びかけに、彼女は振り向く。

「君は……たしか豊田署の？」

「あ、はい！　鑑識の築山瞳です」

覚えてくれた。京堂警部補がわたしを覚えててくれた。こんな状況にも関わらず、天空から光が差し祝福のラッパが吹き鳴らされたような心持ち。

しかし京堂警部補のほうは冷静に、

「なぜここにいる？」

「それは……あ、でも京堂警部補こそ、どうして？　この男は誰なんですか」

「こいつか」

京堂警部補は仰向けに倒れたまま、ぴくりとも動かない男に冷たい視線を投げた。

「連続殺人犯だ」

「連続……あ、最近名古屋で起きてた……」

「そうだ。今のわたしに対する行為ではっきりした。こいつが犯人だ」

その言葉で、瞳は理解した。

「もしかしてこれは、囮《おとり》捜査ですか」

「ああ、証拠が摑めなかったので、わたしがじきじきに囮になった」

「じゃあ、コーヒーに混ぜた薬は……？」

「飲んだふりをしただけだ。こいつが薬を混ぜたことは、喫茶店に張り込んでいた仲間が無線で知らせてくれた」

「仲間って……」

そのとき、どやどやと男たちが駐車場に集まってきた。

「京堂さん、お怪我は？」

若い男が言った。京堂警部補と一緒に行動している刑事だ。

「大丈夫だ。田宮渉《たみやわたる》の身柄を確保しろ」

「はいっ」

倒れたままの男に警察官が駆け寄る。

その様子を見て、瞳はすべて合点した。何もかも計画された罠だったのだ。それに気付かなかったのはあの男と、そして自分だ。

「……すみません、捜査の邪魔をしてしまったみたいで」

「たしかに邪魔だったな」

その言葉に、瞳は身を縮こまらせた。ああ、やっぱり京堂警部補は怒ってるんだ。わたしはもう、駄目だ。

「どうした？」

「いえ……本当にすみませんでした！」

瞳は最敬礼する。

返事はない。彼女はおずおずと顔を上げた。

目の前に京堂警部補がいた。その視線は、意外にも優しかった。

「さっきの蹴り、悪くなかった」

「あ……」

何と言ったらいいのかわからなかった。

「あの……」

考えるより先に、言葉が出ていた。

「あの……わたし……」

声が詰まりそうになる。それを必死で押し出した。

「わたし……京堂警部補と一緒に仕事がしたいです」

「一緒に？　鑑識員として？」

「じゃなくて、刑事として」

言ってしまった。膝から力が抜けそうになる。顔がひどく上気しているのもわかる。

京堂警部補は瞳を真正面から見つめた。

「わたしと仕事をしたがる者は、あまりいない。理由はわかるな」

「……はい」

「それでもしたいか」

「はい」

はっきりと、意思表示した。

京堂警部補は答えた。

「なら、頑張れ」

そう言うと、彼女は自分が打ち倒した男のほうへと歩いていった。

その後ろ姿を、瞳はずっと見つめていた。

3

「今日のデザートはこれ」

そう言って新太郎《しんたろう》が妻の前にガラスの皿を差し出す。

「バナナのキャラメリゼ、アイスクリーム添えでございます」

「キャラメリゼって?」

「砂糖をちょっと焦がしてキャラメル状にすること。それをバナナに絡めてみました」

「へえ、どれどれ」

景子はバナナをフォークで突き刺し、口に運んだ。

「……美味《おい》しい……美味しいよ、これ。キャラメルの苦みがバナナに合う」

「ありがとう」

新太郎は妻の向かい側に座る。

「で、何があったの？」

「ん？　何がって？」

「コートの背中に砂が着いてたよ。それと景子さんの髪形も少し乱れてる。さらに首」

「え？」

「かすかだけど痣みたいなものがあるよね。何か危ないことがあったんでしょ」

「ないない。何にもないってば」

景子は即座に否定した。

「本当に？」

「うん、本当に」

そう言ってから、景子は窺うように夫を見た。

「……わかった」

新太郎は、にっこりと微笑《ほほえ》んだ。

「でも、あまり無茶はしないでね。景子さんは強いけど、無敵じゃないんだから」

お風呂を入れてくるよ、と言って新太郎は席を外した。

景子は残りのデザートをせっせと口に運ぶ。が、その手が不意に止まった。

「……心配、してくれてるんだな」

そして信頼もしてくれている。彼の慧眼なら景子の身に何が起きたのか、もっとはっきりわかっているだろう。でもあえて訊いてはこなかったのだ。

妻の仕事が危険と隣り合わせであることを、彼は理解している。だからこそ、景子が話したいときには聞いてくれるし、話したくないときにはそれ以上追及しないでいてくれるのだろう。ただ、甘いだけではない。ときには鋭い指摘をして、景子の眼を開かせてくれることもある。甘いだけでは駄目なんだ。キャラメリゼのように多少の苦みが必要。それが夫婦の機微というものかもしれない。

新太郎が戻ってきた。デザートは完食した。

「ごちそうさまでした」

「おそまつさまでした」

空《から》になった皿を、新太郎は流しに持っていく。

「ねえ」

景子が声をかけた。

「次のお休み、どこかに行かない？」

「え？」

「だって今日も公休だったのに、わたし仕事だったでしょ。だから次の休み、どこか行こうよ」

「そうだね」

皿を洗いながら、新太郎は言った。

「じゃあ、見たいものがあるんだけど」

「何？」

問い返すと、新太郎はキッチンを離れ、リビングから一冊の本を持ってきた。

「カピバラ」

「カピバラ？」

「そう、これ」

開いたページには、のほほんとした風貌でおちょぼ口をした大きな鼠《ねずみ》のような動物が載っている。

「世界最大の齧歯《げっし》類。可愛いでしょ」

「そう、ねえ」

景子は即答できなかった。鼠が可愛い、だろうか。

「東山動物園にもいるんだけど、どうせなら足を伸ばして伊豆《いず》のシャボテン公園に行かない？今ならカピバラの入浴が見られるんだよ」

「鼠が入浴？」

「そう、ほら、これ」

ページを捲《めく》りカピバラが温泉に浸かっている写真を見せた。湯から顔だけ出して、本当に気持ち良さそうにしている。

「これ、見たいんだよねえ。見たらきっと、幸せな気持ちになれそうでさ」

熱心にカピバラの愛らしさについて語る夫を見て、景子は少し驚き、そして微笑ましくなった。こうしていると、やはり年下だ。カピバラよりずっと可愛い。

よし、次の休みはカピバラにしましょう。でも、その前に。

「ねえ、何か飲まない？　飲みながら計画を立てましょうよ」

「あ、そうだね。スコッチでいい？」

フットワーク軽く立ち上がる夫の姿に、景子はまた笑みを浮かべた。

解説

大矢博子

人間てのは不思議なもので、一昨日の夕飯で何を食べたか思い出せないのに、昔の何ということはない会話を妙に覚えていたりする。

あれは、シリーズ第一作『ミステリなふたり』（幻冬舎文庫）の単行本が出たばかりだったから、二〇〇一年の春――つまり十五年以上前のことだ。著者の太田忠司さんとミステリ好きの仲間、そして私の四、五人で、当時名古屋にあった大型書店に行った。店内を物色しながら、『ミステリなふたり』について、あれこれ感想を話したことを覚えている。話題の中心は、ヒロインの京堂景子《きょうどうけいこ》警部補だった。

「かっこいいよね。ガンダムのマチルダさんをちょっと連想したよ」

「私は『パタリロ！』のバンコランの女性版だなって」

「宝塚の男役に演じてほしいなあ」

とまあ、著者が目の前にいるというのに好き勝手なことを話しつつ、上の階に向かうべく皆でエスカレータに乗った。そのとき、最後尾にいた太田さんが誰にともなく、こう言ったのだ。

「景子さんのイメージは〈鉄のクラウス〉なんだよね。『エロイカより愛をこめて』の」

その瞬間、一列になってエスカレータ上にいた私たちは全員で一斉に太田さんの方を振り向き、「……ああ！」と納得の声を上げたのだった。

あのときの、幅の狭いエスカレータで同時に振り返って声を揃えた場面を、なぜか今も鮮明に覚えているのである。その書店は、今はもうないというのに。


書店はなくなったが、「ミステリなふたり」シリーズはその後も継続し、ゆっくりとしたペースではあるものの、堅実に巻を重ねている。二〇一五年には松島花《まつしまはな》・鈴木《すずき》勝大《かつひろ》の主演で連続ドラマとなり、ローカル放送ながら好評を博したことも記憶に新しい（ちなみにこのドラマには著者の太田忠司さんも鑑識課員として出演した）。本書は『もっとミステリなふたり』（幻冬舎文庫）に続くシリーズ第三弾となる。

ヒロインは愛知県警の京堂景子警部補。女優とも見紛う美女にして、見るものを凍らせる冷たい視線と寸鉄人を刺す鋭い物言い。難事件も一晩で解決するその能力と、常に冷静沈着で笑顔を見せないその性格は愛知県下すべての警察官に恐れられ、鉄女《アイアン・レディー》、氷の女、カミソリ女の異名を持つ。最近では氷の女が昇進して、氷の女王と呼ばれているらしい。逮捕時に歯向かった犯人が大怪我を負わされたとか（事実）、代々の県警本部長には「京堂景子にはアンタッチャブル」という申し送りがあるとか（真偽不明）、実は殺しのライセンスを持っているとか（多分嘘）の噂には事欠かない。なるほど〈鉄のクラウス〉だ。

そんな景子には、実はもうひとつの顔がある。ひとたび家に帰るやいなや鉄女の仮面を脱ぎ捨て、年下夫の新太郎《しんたろう》の前ではフニャフニャのデレデレになってしまうのだ。「しんたろーくーん♡」と呼び、彼の作った料理を頬張《ほおば》り、イチャイチャっつーかラブラブっつーかパフパフっつーか。見ているだけで胃の内側が痒《かゆ》くなるようなデレっぷりなのである。

夫・新太郎は、シリーズ第一作の言葉を借りるなら「尖った顎、描いたような眉、アーモンドのような眼、すっきりと通った鼻梁、少し厚めだが色艶のいい唇。平成の世になって日本男子がついに獲得した新しい美丈夫の姿」で、仕事はイラストレーター、趣味は家事。特に料理はプロはだしで、がんもどきを手作りする、といえばその腕前がわかるだろう。家事を優先するためイラストレーターの仕事をセーブしているという、働く女性にとってはこの上ない優良物件である。

しかも、この新太郎は名探偵。景子が刑事として向き合う数々の難事件も、新太郎に相談すれば話を聞くだけでたちどころに解決してしまう。つまり本書は、刑事の妻が担当する事件を夫が解決する、安楽椅子探偵のシリーズなのだ。

夫婦探偵という設定はミステリでは決して珍しくない。古くはアガサ・クリスティのトミー&タペンス、ドロシー・L・セイヤーズのピーター・ウィムジイ卿とハリエット・ヴェイン、クレイグ・ライスのジャスタス夫妻などがいる。特に、妻が刑事で夫が探偵役と言えば、赤川《あかがわ》次郎《じろう》の「夫は泥棒、妻は刑事」シリーズ（徳間文庫）を思い出す人も多いだろう。これまた、読んでる方が恥ずかしくなるほどアツアツの夫婦だ。

　また、刑事が家族や身近な人物に事件の話をして、相手がそれを解くという安楽椅子探偵ものとしては、ジェイムズ・ヤッフェ『ママは何でも知っている』（ハヤカワ・ミステリ文庫）、都筑道夫《つづきみちお》『退職刑事』（創元推理文庫）、芦原《あしはら》すなお『ミミズクとオリーブ』（創元推理文庫）、東川篤哉《ひがしがわとくや》『謎解きはディナーのあとで』（小学館文庫）などの各シリーズが挙げられる。それぞれ刑事が母に、父に、友人の妻に、そして執事に、事件の話をするという趣向だ。

　つまりパターンとしては先行作品の多いジャンルなのである。先行作が多いということは、それだけ信頼と実績のある様式だと言えるが、同時に差別化が必要になる。またこれか、と言わせないだけの特徴——たとえば夫が泥棒だとか、大富豪のお嬢様刑事に毒舌の執事だとか——がなければ、数多《あまた》の作品の中に埋もれてしまう。

　では、本書ならではの設定とは何か。三つの要素がある。

　ひとつは、鉄女キャラと夫にベタ惚れキャラの二面を使い分ける景子の造形だ。ツンデレという言葉が「現代用語の基礎知識」に収録されたのは二〇〇六年版からなので、ツンデレが市民権を得るはるか以前から、景子はツンデレキャラとして登場したことになる。あ、お断りしておくが、本来ツンデレは「好きな人の前で普段はツンツンした態度をとっているが、時折素直になって好意を表してしまう」という状況を指すので、相手によってツンとデレを使い分ける景子には、厳密には「ツンデレ」という言葉は使えない。だが、ツンデレの言葉ができる前から、ツンとデレの二面性をヒロインの最大の売りにしたのは先見の明があったと見るべきだろう。

あ、もっといい言葉があったぞ。職場での鉄女ぶりと自宅でのイチャイチャぶりは、「ギャップ萌え」の最たるものではないか。もちろんこれも、シリーズ開始当時にはそんな言葉はなかった。

本シリーズのもうひとつの特徴は、頼られ、謎を解くのが「兼業主夫」という点にある。前述した安楽椅子探偵ものを見ると、外でばりばり働く専門家たる刑事の持て余す事件が、すでに引退した父や、世間とあまり関わってなさそうな老母や専業主婦、あるいは使用人によって解かれるという図式になっている。弱い立場の者が、強い立場の者より賢いところを見せる、というのがこれらに共通したパターンだ。その逆転の構図が、読者にとっては痛快だった。ただしこの痛快さは、女より男が、老人より現役が、使用人より主人が「上」という、旧態依然とした前提の上に立っていることを忘れてはならない。

翻《ひるがえ》って本書は、刑事の妻を年下の夫が内助の功で助けるという、設定自体にまず逆転の構図がある。その上で、夫が妻を導き、妻が夫に頼るという、再逆転を見せる。この二度の逆転で、読者は二者の上下関係をすっかり取り払うことができるのだ。どちらが主でも従でもない、それぞれが得意なことで相手を慈《いつく》しみ合い、守り合う。実はこの関係性は、安楽椅子探偵ものでは、極めて珍しいのである。ジェンダー描写という点からも、本シリーズは注目に価する。

そして最後の特徴は、料理描写だ。本書の収録作すべてが料理に例えられたタイトルと事件になっていることに注目。新太郎の作る料理はシリーズ第一作から印象的だったが、本書ではそれが強化され、どの話にも実に美味《おい》しそうな料理の描写がふんだんに登場する。「シェフの気まぐれサラダ」の「気まぐれ」とはどういう意味か、プロヴァンス風とは、メランジェとは、などなど読むだけで料理の薀蓄《うんちく》が増えるのも楽しい。

その分、夫婦のいちゃいちゃシーンと景子のアクションシーンがやや減ったことを残念に思う向きがあるかもしれないが、むしろそれで謎解き自体の面白さがより表面に出てきたように、私には思えた。

片や刑事の夫婦探偵で安楽椅子もの。本書はよくある様式に思えて、実は「ここだけ」が多い。どこにでもあるビストロで、どこにでもあるメニューに見えて、実は材料の選定も味付けも、この店にしかない独特の料理が出てくる——本書はそんなシリーズなのだ。

個別の収録作に触れる紙幅がなくなってしまった。

デザートの一作も含めて全九編。どれもツイストの効いた謎解きとキャラクターの魅力に満ちた逸品揃いだ。冒頭の「密室殺人プロヴァンス風」は、新太郎の一日が綴《つづ》られているので新太郎ファン必読。在宅ワーカー兼主婦としては、この新太郎の一日はお手本にしたいくらいである。第二話以降は、職場での景子と家での景子の二面性をご堪能あれ。県警で景子を「景ちゃん」呼ばわりできる県警唯一の人物・間宮《まみや》刑事の視点があるのが「ふたつの思惑をメランジェした誘拐殺人」。そして最後の「男と女のキャラメリゼ」には、本書収録の他の短編に登場したある人物が再登場する。既刊二冊も最後の一編は搦《から》め手だったが、今回もきっと騙される人が多いはず。

野菜の切り方からソースの一滴まで、隅々まで手を抜いたところがまったくないミステリのフルコースである。信頼と実績のシェフ、太田忠司による魅惑の九皿を、どうか存分に味わっていただきたい。ページを閉じた時、きっと思うはずだ。

ごちそうさま、美味しゅうございました、と。

本書は二〇一三年、小社より刊行された作品の文庫版です。
なお、文庫化にあたって、「殺意の古漬け　夫婦の機微を添えて」
（〈ミステリーズ！〉vol. 59初出）を新たに収録しました。

著者紹介 1959年愛知県生まれ。81年「帰郷」が「星新一ショートショート・コンテスト」で優秀作に選ばれた後、90年に長編『僕の殺人』で本格的なデビューを果たす。狩野俊介、霞田兄妹など人気シリーズのほか『奇談蒐集家』『刑事失格』『Jの少女たち』『天国の破片』『無伴奏』など著作多数。

検印
廃止

ミステリなふたり
ア・ラ・カルト

2016年 9月23日 初版
2016年10月14日 再版

著者 太《おお》田《た》忠《ただ》司《し》

発行所 (株) 東京創元社
代表者 長谷川晋一

162-0814/東京都新宿区新小川町1-5
電 話 03・3268・8231-営業部
03・3268・8204-編集部
URL http://www.tsogen.co.jp
振 替 00160—9—1565
モリモト印刷・本間製本

乱丁・落丁本は，ご面倒ですが小社までご送付ください。送料小社負担にてお取替えいたします。

ISBN978-4-488-49011-9 C0193

ひとりの青年の不器用な足跡を描く
著者渾身のライフワーク・シリーズ

太田忠司

創元推理文庫

＊

刑事失格

鶯橋派出所管内で起きた殺人事件。「人は間違ってはいけない」を信条とする若き警官・阿南は独自に事件を追う。

Jの少女たち

かつて数回話しただけの少年。彼は阿南に一通の手紙を残して失踪した。贖罪の日々を送る阿南を動かすものとは。

天国の破片《かけら》

勤務先のコンビニに押し入った少年の行方を追う阿南。その中で出会う孤独な人々、そして意外な“真実”——